오카다 도시키 단편집

비
교
적
낙
관
적
인
케
이
스

알마 인코그니타 Alma Incognita
알마 인코그니타는 문학을 매개로,
미지의 세계를 향해 특별한 모험을 떠납니다.

오카다 도시키 단편집

비교적 낙관적인 케이스

이홍이 옮김 · 홍살롱 그림방

alma

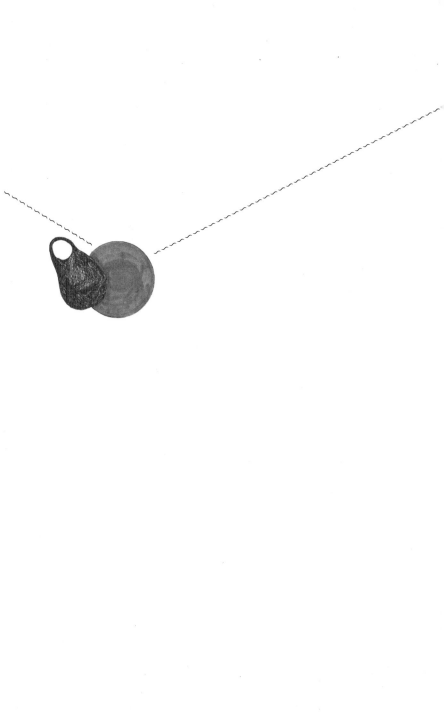

저는 소설가로서는 발표한 작품 수가 그리 많지 않습니다. 지난 10년을 되돌아보면, 연극 활동에 쏟은 시간과 에너지의 비율이 훨씬 더 큽니다. 연극 작업 사이사이에 소설을 쓰는 느낌이랄까요. 그렇기 때문에 굉장히 느린 페이스로 소설을 발표했고, 그래도 이렇게 몇 작품을 썼습니다. 이 책에는 제가 10년 동안 집필한, 거의 모든 소설이 수록되어 있습니다. 모두 단편입니다.

이렇게 제가 쓴 것을 한국어로 읽을 독자 여러분을 마주할 수 있게 되다니, 이보다 더 큰 기쁨은 없습니다. 알마출판사 편집부 여러분, 번역가 이홍이 씨를 비롯해 이 책이 출판되도록 힘써주신 모든 분께 감사의 말씀을 올립니다.

소설가로서 느끼게 되는 가장 큰 행복에는 두 가지가 있습니다. 먼저, 어쨌든 제가 쓰고 싶은 것을 쓴다는 행위를 끝까지 해냈을 때 느끼는 행복입니다. 다른 하나는 제가 쓴 글이 누군가에게 '무언가'를 불러일으키는 촉매가 되는 것을 상상했을 때 샘솟는 행복입니다. 작가에게는, 그 '무언가'가 무엇인지 구체적으로 알게 되는 날은 오지 않습니다. 그리고 그 날이 오지 않는다는 것이 그렇게 슬플 일은 아닙니다. 독자분들이 책을 읽음으로써 작가가 생각지도 못한 것을 환기하게 된다는 것은 멋진 일이고, 또 그래야만 하는 것이기 때문입니다. 이 소설집이 이것을 한국어로 읽으실 독자 여러분에게 무엇을 불러일으킬지, 저는 상상도 할 수 없습니다. 상상도 할 수 없다는 그 사실이 저를 설레게 하고, 행복한 마음이 들게 합니다.

2017년 6월

오카다 도시키

오카다 도시키 단편집

차례

비교적 낙관적인 케이스

楽観的な方のケース

해안에서 그런대로 멀지 않은 우리 아파트 바로 코앞에, 빵집이 문을 열었습니다. 반년 정도 비어 있던 점포였는데, 원래는 양과자 집이었습니다. 슈크림이 세금 포함해서 100엔 하던 가게였는데, 아마도 그런 가격이 인기의 비결이었던 것 같아요. 그리고 그 가격에 끌린 것은 저 역시 예외가 아니어서, 적게 어림잡아도 하루걸러 한 번씩은 먹었습니다. 물리지도 않더군요.

그 양과자 집은, 원래 있던 곳에서 물리적으로는 그렇게 멀지 않지만 주소 표기가 단순히 번지수의 숫자가 올라가고 내려가고 하는 정도의 변화가 아니라 지명 자체가 완전히 달라지는 곳으로, 단독주택이 즐비한 주택가 일대 거의 중심부로 이전했습니다. 그 동네라면 아마 빵 가격을 올려도 괜찮겠거니, 양과자 집 주인은 분명 그렇게 전망했겠죠. 그럴 거라고 예상했지만 어느샌가 120엔이 되어 있는 슈크림빵을 막상 보니, 그것이 결정타가 되어 저와 그 양과자 집과의 심리적인 거리는 실제 거리 이상으로 멀어졌습니다. 덕분에 요 반년 사이, 조금 살이 빠졌습니다. 그래도 이따금 그 앞을 지날 때마다 보면, 가게는 변함없이 잘되고 있었습니다. 하지만 이제 양과자 집에 대한 제 관심은 사라졌는데, 이제 와 생각해보면 그 집 슈크림빵이 특별히 어딘가 맛있던 것도 아니었다는 것이, 솔직한 제 마음입니다. 그때는 커스터드 크림이라면 뭐든 좋았던 것 같습니다.

반년 동안 그 점포 자리의 세입자가 정해지지 않는 것을 보며, 저는 딱히 연관이 있는 것도 아니면서 걱정했습니다. 그러다 드디어 누군가 들어온다는 소식을 듣고 잘됐다 싶었는데, 거기에 생기는 게 빵집이라니. 저는 어린 시절부터 빵이라면 사족을 못 썼기 때문에, 멀리서 그 점포가 내장 공사를 하는 모습을 보는 것만으로도 감정이 벅차올랐습니다. 앞으로 내 곁에 행복이 찾아올 거라는, 들뜬 말이 머릿속을 맴돌 정도였습니다.

저 스스로도 의아할 정도로 벅차오름을 주체하지 못하는 와중에, 빵집이 문을 열었습니다. 점포 앞에 서서 개점 축하 화환 두 개가 진열된 모습을 바라보고 있었더니 그제야 겨우 마음이 가라앉았습니다. 괜찮은 빵집이면 좋겠지만 이도 저도 아닌 빵집일지도 몰라, 그건 모를 일이야, 저는 생각했습니다.

그로부터 거의 2주가 지난 어느 날, 오후 2시경에 이르기까지 점심을 못 먹고 있던 저는 배가 살짝 고파와, 그때 퍼뜩 생각이 난 그 빵집을 처음으로 들어가보았습니다. 안으로 들어가자 빵집 내부는, 바깥에서 바라보며 멋대로 상상했을 때의 인상보다도 밝았고 어딘가 시원시원한 느낌을 주었습니다. 그럼에도 가게 면적은, 반대로 양과자 집이었을 때보다 조촐하고 아담하다는 생각이 들었습니다. 저는 빵 위에 얇게 썬 양파와 치즈를 올려 구운 것을 하나 샀습니다. 딱 하나 고른 것치고는 상당히 고민을 한 탓에 한 15분 가까이 걸렸는데, 나이가 지긋한 아주머니 점원은 제게 앞으로도 잘 부탁드린다고 정중하게 말했습니다. 저는 그 모습에서, 이 사람이 아마도 카운터 안쪽의 오븐이 구비된 주방에서 그날 빵 굽는 작업을 마치고 이미 뒷정리를 시작한 빵 만드는 아저씨의 어머니겠구나 하고 어림짐작해보았습니다. 그분은 어떻게든 이 가게가 잘되게 해야 하니까 그런 것이겠지만, 굳은 미소를 머금은 입매가 꼭 아마존이라는 인터넷 서점의 트레이드마크 같아서, 안간힘을 다해 넉살좋게 고객을 응대하려는 모습이 약간 찜찜해 역효과가 날 것 같았습니다. 하지만 동시에, 그렇게 생각하는 건 아마 저 말고 별로 없을 테니, 계속 힘내셨으면 좋겠다는 생각도 했습니다. 저는 크림색 두꺼운 종이로 만든 포인트 카드를 받아서, 지갑에 넣었습니다.

사온 야채빵을 비닐봉지에서 반쯤 꺼내 왼손에 들고, 방에서 인터넷을 하며 베어 먹다가 저는 그 빵집이 은근히 화제가 되고 있다는 사실을 알게 되었습니다. 새로 생긴 '코티디앙'이라는 빵집, 맛있지 않아요? 맛있다고 해야 하나? 일본 빵집이 아니라 본격적인 본고장 느낌이 나던데. 그렇다고 본고장 빵에 대해 잘 아는 건 아니지만요. 맞아요, 정말 그렇더라고요! 저도 똑같이 느꼈어요. 진짜 맛있죠! 예전에 프랑스에 몇 년 살았는데요, 거긴 아무래도 빵이 맛있잖아요. 귀국해서도 그 부분은 계속 아쉬웠거든요, 그런데 '코티디앙' 빵은 프랑스에서 맛보던 것과 아주 비슷한 것 같아요. 덕분에 벌써 단골이 되어버렸어요! 아, 저도 단골이에요, 어쩌면 가게에서 만날지도 모르겠네요! 그렇구나, 본고장 빵에도 뒤지지 않는 맛이란 거군요, 저는 본고장 빵 맛을 잘 아는 건 아니지만, 먹어보니 여기 맛은 좀 다르다는 건 알겠더라고요. 오늘 여쭤봤는데, 사장님은 고베神戸에서 공부하셨다는 것 같았어요. 아침이랑 점심시간에 카운터에 계시는 여자분(사장님 어머니이실까요?)도, 약간 간사이関西 사투리였어요.

저는 다음 날도 '코티디앙'에 가서, 이번엔 어제 같은 야채빵이 아니라 빵 본연의 맛을 판단할 수 있도록 식빵을 사보기로 했습니다. 가게에 계신 할머니가 어제와 똑같이 웃는 얼굴로, 또 오셨네요, 감사합니다, 하고 저를 기억하고 계시던 것이, 그 표정, 얼굴 주름이 생긴 모양까지 더해져 정이 깃든

미소란 느낌이 들어 좋아졌습니다. 식빵을 여덟 조각으로 잘라달라고 할지 여섯 조각으로 잘라달라고 할지 망설여져, 제가 평균적으로 먹는 양이 여덟 조각냈을 때 두 조각인지 여섯 조각냈을 때 한 조각인지를 생각했더니, 더 골치가 아파졌습니다. 하지만 이번에는 불과 1, 2분이었습니다. 그래서 결국 몇 조각으로 했는지 지금은 잊어버렸지만, 둘 중 하나로 결정을 했습니다.

이 근처 사세요? 할머니가 저에게 물었습니다. 저는 네, 정말 바로 요 근처예요, 대답하고 할머니에게 아마존 마크를 흉내 낸 입모양을 만들고 미소로 답했습니다. 할머니가 어제 받은 포인트 카드에 추가로 스탬프를 찍어주었습니다. 계산대 옆 등나무 바구니에는 누구나 자유롭게 가져갈 수 있도록 식빵 귀퉁이를 담아놓았는데, 저는 그걸 한 봉지 집어 가게를 나갔습니다. 결제하는 위치에서 보이던 유리창 너머의 풍경 밖으로 내가 사라져 갔고, 그 후 다음 손님이 올 때까지는 잠시 짬이 생겼습니다. 할머니가 웃는 얼굴을 내려놓고, 하품을 했습니다.

10분이 넘도록 아무도 오지 않는 시간이 지나고, 한 여자가 작은 남자아이를 데리고 들어왔습니다. 남자아이는 손을 뻗어 가느다란 금속 행거에 나란히 걸려 있는, 빵 집는 집게들 중 하나를 꺼냈는데, 잡자마자 바닥에 떨어뜨렸습니다. 카운터에서 할머니가 아이의 나이를 묻자, 아이는 오른손 손가락을 네 개 폈습니다. 그것을 보고 엄마는, 애 좀 봐, 너 아직 세 살이잖니, 하고 말했습니다.

남자아이는 새끼손가락을 엄지에 걸려던 것을 실패했을 뿐이었습니다. 자기가 세 살이라는 것은 잘 알고 있었습니다.

저는 이미 아파트로 돌아와, 재빨리 식빵을 봉지에서 꺼내 한 조각을 뜯어서 막 입에 물던 참이었습니다. 이번에는 어제처럼 다른 일을 하면서 먹지 말고 맛을 제대로 음미하려고 온 의식을 집중해서 꼭꼭 씹어 먹었습니다. 현관에 선 채였기 때문에 구두를 벗고 편하게 먹고 싶어서, 먹다 남은 빵 반쪽은 들어와서 토스트로 만들어봤습니다. 식감이 바삭하게 바뀔 뿐만 아니라, 맛 자체가 달라졌습니다. 그냥 먹어도, 토스트로 해 먹어도 장점이 있었고, 어떻게 먹어도 씹을수록 밀가루 본연의 단맛이 입안 가득 퍼지는 게 느껴졌습니다.

이렇게 저는, '코티디앙'이 평판에 걸맞는 훌륭한 빵집이라는 것을 확인할 수 있었습니다.

저는 예전에, 연인과 함께 맛있는 빵과 맛있는 커피로 매일 아침을 시작하는 삶을 동경하던 기억이 떠올랐습니다. 그러기 위해서는 논리적으로 우선 연인과 빵과 커피가 필요했습니다. 옛날부터 커피만큼은 집에 맛있는 원두가 떨어지지 않게 챙겨놓았습니다. 맛있는 원두를 파는 가게도 몇 군데나 알고 있었습니다.

저는 남자친구를 하나 만들었습니다. 그가 우리 아파트

를 보고 마음에 들어해준다면 같이 살면서 매일 둘이서 아침을 먹어야겠다고 마음먹고, 그를 아파트로 불렀습니다.

문을 열자 그가 현관을 보더니, 패스트푸드 가게에 있는 쟁반을 들고 있으면 겨우 서 있을 넓이라며, 내심 놀라워했습니다. 현관에는 바로 앞 오른쪽 구석에 가지런히 세워 기대어 놓은 제 부츠가 있었습니다. 무릎 아래부터 종아리 반 정도를 덮을 부분의 지퍼가 열린 상태였고, 묵직하게, 별로 예쁘지도 않은 큼직한 꽃잎처럼 늘어져 있었습니다.

그는 자기 집에서 여기까지 오느라 한 시간 넘게 전철을 타야 했습니다. 초행길은 더욱 따분하고 길게 느껴지기 때문에 조금 피곤했지만, 날 만날 수 있다는 사실 하나로 어떻게든 견딘 것이었습니다. 그는 그다음부터 점점 익숙해져서, 도착할 때까지 소요되는 전철 시간의 길이와 창밖으로 보이는 풍경의 순서를 수차례 경험하면서 서서히, 그것들을 하나의 흐름으로 파악할 수 있게 됐습니다. 그러면서 점점 이곳이 멀다는 감각은 사라져 갔습니다. 하지만 그때는 아직 그렇게 되기 전이었습니다. 창문으로 바깥 경치를 보며, 그는 크게 하품을 했습니다.

바다 근처에 있는 아파트라고 해서 창문으로 바다가 보이는 줄 알았는데 아니구나, 하고 그가 말했습니다. 저는 창문으로 바다가 보인다는 말, 한 번도 한 적이 없는데 말입니다. 또 바다가 안 보이는 건 우리의 신체 능력에 한계가 있어서라고밖에 달리 할 말이 없었습니다.

　모처럼 여기까지 왔는데 바닷가에 산책 가자고 했더니, 그가 그러자며 막 벗은 구두를 곧바로 다시 신었습니다. 그보다 먼저 제가, 부츠 말고 조금 더 쉽게 신을 수 있는 샌들을 신고 밖으로 나갔습니다.

　아파트는 폭이 좁은 골목길을 마주보고 있는데, 그 길보다 아주 조금 더 넓은 도로와 만나는 모퉁이 중 하나가 쓰레기 수거장이었습니다. 쓰레기는 이미 아침에 회수해 가서, 누가 요일을 착각하고 분류를 잘못해 버린 쓰레기 봉투가 회수되지 못하고 몇 개 남아 있을 뿐이었습니다. 그 위로는 까마귀가 봉지를 쪼아서 내용물을 흐트러뜨리지 못하게 하기 위한 그물이 있었습니다. 제게는 익숙한 그물의 초록빛깔이, 그의 눈에는 예쁘게 보였습니다.

　쓰레기장을 따라 모퉁이를 돌고, 양과자 집이 이전해 간 동네 방향으로 걷기 시작했습니다. 그 일대를 가로질러 지나는 차도 옆, 차도보다 한 단 높은 보도를 겨우 몇 분 걸었을 때, 차도와 보도 사이에 꽂혀 있는 팻말이 보였습니다. 이 길은 우리가 봉사활동으로 청소하고 있다고, 단체 이름과 함께 써붙인 표식이 땅에 박혀 있는 것을 그는 주의 깊게 바라보았습니다.

　곧 해안을 따라 난 국도가 보였습니다. 그대로 횡단보도를 건너, 국도 제방의 옆길로 갔습니다.

제방에 맨몸을 드러낸 콘크리트에 실제로 손을 대보면 감촉이 그저 딱딱하다는 것 말고 뭐가 꼭 더 있는 건 아니라는 사실을 알면서도, 그는 이따금씩 제방에 손을 가져다 대면서 주로 바다나 바닷소리, 가끔은 내가 하는 얘기에 정신이 팔리기도 하면서 걷고 있었습니다. 그러다 우리 아파트가 이렇게 바다 옆에 있는 거라면, 집에서 직접 바다를 볼 수 없어도 늘 바다 기운과 함께 사는 거나 마찬가지 아닌가 싶어졌습니다. 조금만 더 있었으면 그에게 안겨주고 말았을, 우리 집이 비좁고 갑갑할 것이라는 인상을 일단 없애버려야겠다고 생각했습니다. 저는 바로 앞에 개똥이 떨어져 있는 것을 알아차렸습니다. 그리고 그것을 피하려다 순간적으로 몸이 비틀거렸습니다. 그때 제 손은 강한 힘으로 제방을 눌렀고, 그래서 손바닥의 손목 가까운 부분을 중심으로 피부가 약간 빨개지며 옴폭하게 자국이 남았습니다. 저는 한동안 중지와 약지가 거기에 닿도록 손가락을 구부려 그 옴폭한 느낌을 확인하며 걸었습니다. 제방이 끝나고 해안으로 내려갈 수 있게 길이 난 곳에 이르러 저는, 내려가볼까? 하고 말했습니다.

다음에 가자, 하고 그는 생각했습니다.

하지만 결국, 해변으로 내려갔습니다.

다음에 여기 올 때는 어디 편의점에서 맥주를 사서 마시던가 하자고 말할 때, 제 손바닥의 옴폭 들어간 부분은 어느새 평평해져 있었습니다.

그는, 다음엔 그렇게 하자, 하고 동조해줬습니다.

저는, 같이 살고 싶다는 마음을 그에게 전할 타이밍이 지금일지도 모르겠다고 생각했습니다. 지금은 아직 시기상조다 아니다 이러면서 말하지 않으면, 결국 나중에 가서 더 말꺼내기 힘들어지고 새삼 말하기도 뭣한 그런 상태가 되어버리면 이미 늦은 것이기 때문에, 저는 이미 그렇게 된 미래의 제가 현재의 나를 부러워하고 또 부추기고 있다고 생각하도록 노력해봤습니다.

그러나, 우리는 그냥 아무 일 없이 집으로 돌아갔습니다.

갈 때도 그랬지만, 개를 데리고 나온 정말 수많은 사람들을 지나쳤습니다. 시가 운영하는 수영장 옆 공원은 애견가들이 잘 모이는 곳이었기 때문에, 잔디밭이나 모래밭 위에서 개들이 자유롭게 장난치고 있었습니다. 자동차 서른 대 이상은 족히 세울 수 있는 그 수영장 주차장은 지금은 수영 시즌이 아니라 폐쇄되어 있는데, 입구에는 자동차가 진입하지 못하도록 땅에 박아놓았다가 필요할 때에만 빼서 쓰는 금속 막대기 두 개가 세워져 있었습니다. 우리는 슈퍼마켓에 들러 맥주를 샀습니다.

그런 다음에 '코티디앙'에도 들렀습니다. 그렇게 저녁 시간에 간 건 처음이었는데, 빵은 대부분 다 팔려버렸고 진열대 위 선반은 쓸쓸한 느낌이 났지만, 그건 물론 좋은 일이었습니다. 우리가 사려고 했던 바게트는, 남아 있었습니다. 딱딱해진 것이 아주 좋은 상태는 지난 것 같다는 생각이 머리를 스쳤지만, 그래도 샀습니다. 주방에는 벌써, 사람이 없었습니다.

아파트로 돌아와서, 기분이 좋아서 창문을 활짝 열어놓고 계속 그러고 있었더니, 조금 전까지 듣던 반복되는 파도소리가 아직 귓가에 남아서인지, 그에게는 지금도 창밖에서 방 안으로 소리들이 둥둥 떠다니는 것처럼 느껴졌습니다. 그래서 그는, 이건 아까도 느꼈던 건데, 아무리 원룸이어도 집이 이만큼 바다에 가까운 데 있으면 공간 전체가 실제 방 구조보다 더 개방된 것 같은 느낌을 항상 내포하고 있는 거라고, 머릿속에서 다시금 윤곽을 잡아갔습니다. 그리고 이 모든 것이 착각이었다는 것을, 꽤 나중에서야 깨달았습니다.

(그런데, 나중에서야 그가 그것을 알았다고 한 것 또한 착각일 가능성도 있습니다. 그가 느꼈던 것처럼 공간이 실제 면적보다 더 넓게 느껴지는 감각은 당시에는 정말로 존재했지만, 그것을 증명할 수가 없다는 점과 그 느낌을 영속적으로 유지시킬 수 없었다는 점 때문에, 그 느낌이 사라지면서 그 직전까지 분명히 갖고 있었다는 사실 자체도 모호해져버린 건지도 모릅니다. 혹은 그 느낌을 영속적으로 유지시키는 것이 아무래도 불가능하다는 이유로, 반강제적으로 그냥 착각이었다고 해버린 건지도 모릅니다. 아니면 그것은 무언가 외부의 힘이 강제로 그렇게 만드는 게 아니라, 자기 혼자 느꼈던 감정에 대해 확신이 서지 않아, 그건 착각이었다는 식으로 자기도 모르게 수정해버린 건지도 모르겠습니다.)

제가 뜯어놓은 바게트를, 그는 친히 먹었습니다. 맛을 음미하자, 실제로는 천천히 입안에서 밀가루의 단맛이 퍼졌지만, 이제까지 그가 먹어 버릇하던 빵맛과 '코티디앙' 빵맛은 너무나 달랐기 때문에, 아니 그것보다 그가 여태 빵맛은 이런 것이라고 믿어온 맛이 몇 개 있었는데 이 빵에서는 그 맛이 나지 않았기 때문에, 낯설다고 해야 할까, 그에게는 전면적으로 그 어딘지 모를 부족함이 머릿속을 지배했기 때문에, 밀가루의 단맛까지 의식이 미칠 여유가 없었습니다. 바게트의 파삭파삭한 표면에 붙어 있는 하얗고 고운 가루가 방바닥에 흩날렸습니다. 그 입자들을 잘 보이게 해줄 빛이 들어오고 있지는 않아서, 저도 그도 그 흩날림을 보지 못했습니다.

어때? 이렇게 맛있는 빵집이 바로 우리 집 앞에 생기다니, 이건 거의 기적이야, 하고 제가 말했습니다.

그는 제 기쁨의 이유를 이해하지 못할 뿐 아니라, 조금 이상하다고까지 생각했습니다.

하지만 그 후, 우리 집에 자주 들르게 되고, 그러다가 자고 가기도 하고, 며칠이나 지내기도 하면서, 아침마다 '코티디앙'의 빵을 맛보는 사이, 그는 차차 이게 맛있다는 거였구나 하고 느끼기 시작했습니다. 스스로의 미각이 변모하는 과정을 직접 느낀다는 것은 스릴 있는 체험이었습니다. 지금까지 자기가 빵맛으로 알던 것 중 일부가, 무슨 약품 같은 것의 냄새와 맛이었다는 사실도 알게 됐습니다. 그가 그동안 살면서 빵에 대해 특별히 생각해본 적이 없었던 것은 바로 이 부분이 도무지 이해가 되지 않았기 때문인데, 그러니까 자기는 빵을 좋아하는 사람은 아닐 거라고, 그 약품 같은 맛을 좋아하고서 그걸 가지고 빵을 좋아한다고 했던 것이라고 막연하게 결론지었던 부분이 있었습니다. 그런데 그게 사실 빵맛이 아니었던 겁니다. 그는 약품 같은 맛이 나는 빵을 먹은 어린이가 어떻게 빵을 좋아하게 되겠냐고 속으로 생각하며, 지금까지 빵에 대한 자신의 태도가 그랬던 것은 어쩔 수 없는 일이라고 결론내기로 했습니다.

그러나 이 세상에는 바로 그 약품 같은 맛이 좋아서 빵을 좋아하는 사람도 있습니다.

그가 제게 어렸을 때부터 '코티디앙' 같은 빵만 먹은 거냐고 물었습니다.

저는 그럴 리가 있냐고, 야마자키 더블소프트(마드에서 파는 일본 유명 회사의 식빵 브랜드—옮긴이) 같은 걸 잘도 먹었다고 대답했습니다.

그러자 그는 그럼 빵 먹다 보면 약품 같은 맛이 나는데 그게 진짜 빵 맛이 아니라는 걸 알고 있었냐고 제게 물었습니다.

그런 건 처음부터 알았을 것 같은데, 아예 그런 생각을 한 기억이 없어, 하고 제가 대답했습니다. 그러자 그는 이례적으로, 생각에 잠기는 상태가 되었습니다.

며칠이 지나 제가 혼자 '코티디앙'에 갔을 때, 가게 할머니는 그가 혼자서 이 가게에 찾아왔을 때의 얘기를 해주셨습니다. 그건 제가 몰랐던 일이었습니다. 그 얘기를 듣고 이유는 모르겠지만, 이렇게까지 우리 집에 자주 올 거면 차라리 이사를 오는 것이 더 효율적이고, 또 그렇게 했으면 좋겠다고, 마침내 그에게 말을 해도 되는 시기가 온 것 같은 기분이 들었습니다.

　　할머니는 제게 그의 호칭을 남편이라고 해야 할지 아니면 어떻게 불러야 할지 잠시 망설였습니다. 그리고 결국, 함께 오신 분이라고 했습니다.

　　저는 그가 무엇을 샀는지 기억하느냐고 할머니에게 물었습니다.

　　그 질문에 의미나 관심은 없다고 판단하셨는지, 할머니는 아무 말도 하지 않았습니다.

　　그는 같이 살고 싶다는 저의 요청을 듣고, 좋아하는 사람과 같이 살고 싶다는 바람 자체는 흔한 것이고 특별히 흥미로운 구석이 있는 것은 아니지만, 제가 좋아하는 사람과 같이 살고 싶은 이유가, 좋아하는 사람과 함께 맛있는 빵과 맛있는 커피로 아침을 맞이하고 싶어서라는 대목은, 아주 재밌고 좋다고 생각했습니다.

　　그로부터 얼마 지나지 않아, 그는 집에서 나와 우리 아파트로 옮겨 왔습니다. 계약상의 의미가 아니라 기분적인 의미에서, 정식으로 그가 느끼기에도 이제 자기 집이 된 아파트의 창밖으로, 그는 몸을 쑥 내밀어 땅을 내려다 봤습니다. 원래 집 자기 방도 2층에 있었습니다. 하지만 그 방에서 봤을 때 땅과의 거리보다, 이 방은 땅에서 더 멀리 떨어져 있는 것처럼 보였습니다. 그는, 이때는 이미, 바다의 기운은 느끼지 않았습니다.

저는 일반적인 감각으로 봤을 때 이 집은 둘이 지내기에는 약간 비좁을지 몰라도, 우리 둘에게는 이 정도 크기가 오히려 재미있게 지낼 수 있을 거라고 생각했습니다. 그도 이렇게 생각했으면 좋겠어서, 우리 둘한테는 이 정도 크기가 좋은 거라고, 무슨 일이 있을 때마다 그에게 말했습니다.

그때마다 그는 맞다고 단순히 동조해줬지만, 솔직히 저는 오히려 재미있게 지낼 수 있을 거라고 했을 때의 '오히려'라는 말의 의도랄까 이유를, 완전히 이해하지 못하고 있었습니다. 그렇지만, 물리적으로 좁다는 이유로 분위기가 험악해지는 사태가 실제로 발생한 단계는 아직 아니었기 때문에 미리 걱정할 필요도 없었습니다. 커튼 같은 걸로 칸막이를 만들기만 해도 해결될 문제인지도 모릅니다.

아니나 다를까, 우리가 합친 지 한 달이 넘어갈 즈음에, 누구의 것이 먼저랄 것도 없는 만성적인 짜증이 집 안을 떠다니기 시작했습니다. 조금은 더 참을 수 있을 거라는 그의 생각은, 잘못 짚은 것이었습니다. 이 집은 둘이 살기엔 너무 좁다, 물리적으로라는 말은 안 하겠지만 심리적으로 정말 거의 불가능하다, 애초에 이건 무리였다, 같은 말들을 입 밖으로 내고 이미 존재했던 험악한 분위기를 공식적인 것으로 만든 건, 저였습니다. 그는 사실 제가 이런 식으로 짜증 내는 것 그 자체보다도, 집이 좁은 건 문제가 안 된다고 자기가 말한 체면 때문에 제가 짜증을 참고, 그로 인해 쓸데없이 욕구불만이 쌓여 오히려 성가신 일이 생길까봐, 훨씬 두려워하고 있었습니다. 즉, 그것은 기우로 끝났습니다.

저와의 관계가 파탄 직전까지 갈 때도 있었지만, 결국에는 관계가 유지되었습니다. 그는 참 의외라고, 신기하게 확률이 낮은 쪽으로 흘러간다고 생각했습니다. 어느새 이 집의 비좁음이 불러일으키는 짜증을 컨트롤할 방법을, 서로 습득한 것이었습니다.

저는 우리의 관계가 깨지지 않고 여기까지 온 건 '코티디앙' 덕분이기도 한 것 같습니다. 실제로 그런지는 검증할 방법이 없었습니다. 하지만, 예를 들어 밤에 둘이 말다툼을 해도 잠들고 아침이 되면 보통 화는 사그라들고, 또 거기다 '코티디앙' 빵을 먹으면 한층 기분이 좋아졌습니다. 관계가 나빠지려고 할 땐, 되도록 둘이 같이 '코티디앙'에 가자고, 명심하고 있었습니다.

'코티디앙'은 잘되고 있는 것 같았고, 우리도 미력하게나마 구매자로서 그 훌륭한 빵집을 앞으로도 지탱해주고 싶다고 생각했습니다.

아파트 앞 골목이 차도와 만나는 모퉁이 중에 쓰레기 수거장이 없는 다른 쪽 모퉁이를 따라 돌면, 예전에는 편의점이 있었습니다. 그곳은 근처 슈퍼마켓이 작년에 24시간 영업으로 전환하면서 타격을 받아 몇 달 전에 망했습니다. 지금도 그곳은 누가 봐도 문 닫은 편의점이란 사실을 알 수 있는 외관만이, 다음 임대인을 기다리며 방치되어 있었습니다. 유리벽에는 온통 안쪽에서 네 변을 테이프로 붙여놓은 모조지가 둘러 있었습니다. 시트와 유리 사이에는 임대 입주자를 모집하는 안내문이 여러 장 붙어 있고, 임대를 원하면 연락해달라는 전화번호가 적혀 있었습니다. 이 자주 가던 편의점에서 그렇게 멀지 않은 곳에 또 하나 다른 편의점이 있는데, 거기는 어쩐 일인지 타격을 받지 않고 살아남았습니다.

그가 나와 함께 산 지 어느덧 벌써 1년 반이 지났습니다. 이때 저는 자전거를 타고 카멜리아 밀가루 강력분을 조달하러 슈퍼마켓에 갔습니다. 아무리 심해도 11시가 다 된 시각이었기 때문에 그는 이불 속에서는 나왔지만, 나오기만 했을 뿐 빈둥거리고 있었습니다. 11시가 될 때까지 잠을 자는 동물원 하마 이야기가 나오는 그림책이 있는데, 그것을 좋아했던 기억이 떠올랐습니다.

하지만 과거형으로 옛날에 좋아했다고 못 박을 것은 아

니고, 읽은 지는 한참 지났어도 지금도 그 그림책을 좋아한다고 말할 수 있을 겁니다.

창문에는 커튼이 쳐져 있는데, 그건 제가 아직 반쯤 잠들어 있는 그가 눈부시지 않도록 내 나름대로 배려해서 일부러 그대로 놔둔 것이었습니다. 커튼은 바로 얼마 전에 기분 전환해보려고 새로 산 것입니다. 원과 직선의 조합으로 된 커튼 무늬는, 우리에게는 그런대로 신선했습니다. 마치 사다리 타기를 할 때처럼, 그의 시선이 선 위를 따라 커튼 위에서 아래로 내려갔습니다. 오늘 그는 특별히 할 일이 없었습니다.

오늘 아침, 제가 빵을 구우려는데 밀가루가 다 떨어졌습니다. 지난달에 '홈 베이커리'라는 빵 굽는 가전기기를 샀습니다. 한 번에 최대 한 근 반(0.9킬로그램-옮긴이)까지 구울 수 있는, 현시점에서 최신 기종입니다. 강력분 1킬로그램짜리를 사다 세 번쯤 빵을 구우면, 빈 봉지가 되고 말았습니다. 번번이 다 떨어지고 나서야, 바로 얼마 전에 산 것 같은데 이상하다는 생각이 들었습니다. 이제 사둬야겠다는 감각을 딱 맞게 익힌다는 건 좀처럼 쉬운 일이 아니었습니다.

저는 굉장히 오래전부터 홈 베이커리에 대한 동경이 있었습니다. 그런데 어느 날, 밀가루 가격이 올라 '코티디앙'의 빵 가격이 덩달아 오른 겁니다. 실제로 빵 값이 오르기 한 달 전에, 계산대 앞에 가격 변동에 대해 이해를 구하는 안내문이 붙어 있었습니다. 식빵 한 근이 30엔 비싸지고, 포인트 카드도 원래는 스탬프 스무 개 모으면 500엔 상당의 상품과 교환이 가능했던 것이 이제는 삼십 개를 모아야 되는 것으로 바뀌었습니다. 이런 상황 덕분에 저는, 그동안 간직했던 간절한 희망사항을 그에게 말하기가 쉬워졌습니다.

제가 안내문을 보고 있으니 가게 할머니가, 죄송하다고, 정말 죄송해서 어쩌냐고 말했습니다.

저는, 포인트 카드에 도장 찍는 칸이 스무 칸밖에 없는데, 나머지 열 개는 어떻게 찍느냐고 물었습니다.

할머니는, 그건 칸 밖에다 찍어야겠네요, 하고 말했습니다.

저녁때가 되어 그는 집에 오는 길에 '코티디앙'에서 바게트를 사왔습니다. 한 손에는 집 근처 슈퍼마켓 봉지 안에 담긴 와인도 한 병 들려 있었습니다. 올리브 오일과 치즈도 같이 들어 있었는데, 올리브 오일은 집에도 있었습니다. 그는 언제 한번 '코티디앙' 바게트를 밤에 와인과 함께 먹어보고 싶었는데, 오늘밤 그렇게 먹어보기로 문득 결정한 것이었습니다.

오늘 보니까 '코티디앙' 빵 값 오른다고 안내문 붙어 있더라, 하고 제가 말했습니다.

봤어, 하고 그가 말했습니다.

어떻게 생각하느냐고 저는 물었습니다. 그리고 이제 앞으로는 '코티디앙'에서 빵 사는 것도 조금 자제해야 할 것 같다는, 견해를 전달했습니다.

그는, 그런데 야마자키 빵도 가격 오르니까, 하고 말했습니다.

응? 갑자기 그게 무슨 말이야? 하고 제가 말했습니다.

쌀값은 안 오르는 거 맞지, 하고 그가 말했습니다.

그런 것 같더라, 하고 제가 말했습니다.

그런데 쌀값 안 오른다고 이제부터는 아침을 밥으로 바꾸는 게 가능해? 하고 그가 말했습니다.

불가능해, 하고 저는 말했습니다.

그리고 곧바로, 나한테 다 생각이 있어, 하고 말했습니다.

그는 '코티디앙' 빵을 아예 안 살 필요는 없고, 그중에 조리된 빵만 좀 자제하면 되지 않겠느냐고, 식빵도 바게트도 분명 30엔에서 50엔 정도 가격이 오르지만, 그것들은 원래부터 조리된 빵이랑 금액 차이가 많이 났으니까, 예를 들어 치즈 어니언을 사고 싶으면 대신에 바게트를 사는 식으로 소비하면, 결과적으로는 지출을 줄일 수 있을 거라고 말했습니다.

'코티디앙'의 바게트와 와인의 조합이 참 좋다고, 그가 말했습니다. 치즈 종류가 조금 더 여러 종류였어도 좋았겠다며, 세이유에서(집 근처 슈퍼는 세이유였습니다) 카망베르 치즈밖에 사오지 않은 것을, 조금 후회했습니다.

저는, 홈 베이커리를 샀으면 좋겠다, 그걸로 우리 집에서 빵을 구우면 갓 구운 맛있는 빵을 먹을 수 있고 '코티디앙'에서 사는 것보다 싼 값으로 매일 아침 먹을 수 있다는 주장을 펼쳤습니다.

얼마인데? 그가 물었습니다.

저는 이미 충분히 조사를 마쳤으므로, 3만 엔 이내로 살 수 있다고 바로 대답했습니다.

갓 구웠다고 다 맛있다고 단정할 수는 없지 않느냐, '코티디앙' 같은 빵을 홈 베이커리로 만들 수 있을 리가 없지 않느냐고, 그가 말했습니다.

저는 당연히 '코티디앙' 레벨의 빵을 만들 수는 없지만, 그래도 갓 구운 빵이라는 그 사실 하나만으로도, 사실상 빵을 맛있게 만드는 요건에서 따져보면 제법 구실을 할 거라고, 홈 베이커리로 실제로 빵을 만들어 먹어보지 않으면 모르는 거라고 말했습니다.

이번에 어쩔 수 없이 가격을 올린 '코티디앙'은 일시적으로는 매상이 떨어지겠지만, 그래도 어떻게든 잘 이겨냈으면 좋겠으니까, 여태 샀던 만큼은 못 하더라도 앞으로도 빵을 산다는 눈에 보이는 행동으로 응원해주자고, 그가 아주 조용하게, 그러나 조용한 만큼 무섭게 진지한 태도로 말했습니다. 빵에서는 밀가루 맛이 난다는 것조차 몰랐던 예전의 그가, 빵이라는 세계에 비로소 눈을 뜬 계기는 의심의 여지없이 '코티디앙'이었고, 그에게 있어서 그곳은 특별하게 눈부시는 곳이었습니다. 그리고 그 눈부심은 시간이 지나면서 자연스레 마멸되어 가는 부류의 눈부심이 아니었습니다. 단, '코티디앙'의 빵을 일상적으로 맛보는 날들 속에서, 지금 여전히 그가 실제로 그만큼의 눈부심을 느끼고 있는가를 논한다면 그건 또 아니었습니다. 매일 그 맛과 신선함을 새로 마주하면서 눈부심을 퇴색시키지 않고 계속해서 갱신하는 그런 고지식한 짓을 하고 있었던 건 아니고, 그저 제일 처음 '코티디앙' 빵을 입에 넣었을 때의 강렬함을 검증하려들지 않고 쭉 특별한 느낌으로 간직했던 것입니다. 솔직히 저는 이미 예전부터, 그렇게까지 생각이 들 정도는 아니었습니다.

곤경에 처한 '코티디앙'을 응원하고 싶어할 만큼 그가 간절했던 건, 단순히 연민 때문이 아니었습니다. '코티디앙'의 경우는 단순히 연민 때문에 즉흥적으로 그런 기분이 드는 게 아니라는 점이 크게 관련되어 있습니다. 다시 말해, '코티디앙'이 훌륭한 빵집이라서 그렇습니다. 맛있는 빵을 앞으로도 계속 먹고 싶다는, 지극히 당연하고 순수한 욕구에 순순히 따르고 있는 가운데 연민으로 인한 작용이든 뭐든 모조리 끌어안고, 스스로 위선적일지도 모른다고 의심하지 않아도 되는 경우는, 매우 행복하고 드문 경우입니다. 이와 같은 희소한 사태에 대해, 이 자체를 보호하려는 마음이 쓸데없이 그에게 존재했습니다.

그 다다음 날, 그날은 공교롭게 폭우가 쏟아졌는데, 저는 오전 중에 대형판매점으로 가서 내셔널 사의 홈 베이커리 SD-BM151을 사왔습니다. 집까지 배송도 해준다고 점원이 알려줬지만, 그것을 마다하고 직접 들고 우산까지 받치고 오느라 어지간히 고생했습니다. 그래도 정오가 되기 전에 집에 도착했고, 가만히 있지 못하겠으면서도 처음부터 모험을 하기는 싫어서 가장 노멀한 식빵 레시피를 보고 설레는 마음으로 만들기 시작했습니다. 완성된 빵을 한줌 볼이 미어지게 입에 넣었더니 따끈따끈했습니다. 그가 집에 왔을 때에는 갓구운 상태는 아니었는데, 갓 구운 상태일수록 좋다고 꼭 고집하는 것은 아니었습니다. 처음에는 제가 일절 주석을 달지 않고, 자, 라고만 말하고, 한 조각을 뜯어 그의 입에 넣었습니다. 몇 차례 음미하는 동안, 그는 상황을 모두 이해한 듯했습니다.

저는, 맛있지? 하고 말했습니다.

그러나 그는, '코티디앙'이 역시 더 맛있다고 말했습니다. 당연합니다. 여기서 문제는 그 맛의 차이가 본인이 생각하기에 중요한 문제인지 아닌지 하는 것이었습니다. 그것보다, 이를테면 지금 본인한테 그 차이가 중요하다고 해도, 미래의 본인한테는 그게 그렇게 중요한 것이 아니라고 약간 설득할 수 있느냐는 문제였습니다. 이 홈 베이커리가 있으면 저는 충분히 스스로 설득해볼 수 있을 거라고, 확신하고 있었습니다. 적어도 이때는 말입니다.

하지만 그는 애초에 그런 생각 자체를 하지 않았습니다. 우리는 앞으로 일주일에 한 번 정도는 '코티디앙'에서 빵을 사기로 약속했습니다.

저는 일주일에 다섯 번 빵을 구웠습니다. 처음에는 초보자 레시피만 시도해서인지 그런지 꽤 잘되었습니다. 그다음한두 번은 다소 비참할 정도로 맛이 없게 나왔지만, 차츰 요령을 알게 되면서 벌꿀이나 요거트를 넣거나 건포도나 호두,고구마를 넣는 시도도 해봤습니다. 메론빵도 만들 수 있다고광고문구에 있어서 한번 도전해보려고는 했으나, 레시피를보니 다른 빵에 비해 손이 너무 많이 가서 해보지는 않았습니다.

일주일에 한 번 둘이서 '코티디앙'에 갈 때, 약간 소심한구석이 있는 저는 우리가 너무 명백하게 가게를 찾는 횟수가줄어들었다는 것이 조금 민망했습니다. 하지만 할머니의 미소는 여전했기 때문에 다행이라고, 갈 때마다 안도했습니다.할머니가 속으로 어떤 생각을 하고 있을지, 전혀 읽히지 않는미소였습니다.

사실, 그는, 그 기간 동안에도 일주일에 몇 번씩 저 모르게 혼자 '코티디앙'에 갔습니다. 예전부터 먹고 싶었는데 제가 관심 없어 하는 것 같아 계속 못 샀던 러스크를 사기도 하고, 또 소시지나 크로켓 조리빵을 사기도 했습니다. 그리고대개는, 밖에서 먹었습니다. 공원에서 성인 남자가 혼자서 자발없이 빵을 먹고 있으면, 어쩐지 수상한 사람으로 보일 것같다는 꺼림칙한 기분이 들어서, 맛있는 것도 맛이 없어져버렸습니다. 그럴 때에 그는 해안가로 나가보았습니다. 조금 먼 바다로 유조선이 자주 지나갔습니다. 며칠 연속으로 이곳에 왔으면서 이제야 그것을 처음 본 그는, 저기가 항로인가보다 하고 짐작했습니다.

어느 날, 손에 들고 있던 크로켓 빵이 솔개의 눈에 들었습니다. 솔개는 들키지 않도록 그의 후방으로 날아와, 보기 좋게 빵을 낚아챘습니다. 솔개의 발톱이 그의 손등에 살짝 닿아, 그는 상처를 입었습니다. 베인 자리가 희미하기는 해도 오래 가는 긁힌 상처였습니다.

그가 상처의 아픔과, 참혹해진 손등에 정신이 팔려 의기소침해진 사이, 솔개는 서둘러 크로켓 빵을 다 먹었는지 아니면 바닷속에 떨어뜨리고 말았는지, 이미 기류를 타고 하늘 높이 올라가 있었습니다. 솔개보다 훨씬 높은 상공을 나는 제트기에서는 유조선이 해면에 남긴 항적이 훤히 내려다 보였습니다. 그 항적의 모양은 그의 손등에 지금 막 생긴 상처와 닮았습니다. 그는 이 상처를 저한테 어떻게 설명하면 좋을지, 잠시 동안 머리를 쥐어짰습니다. 그리고 이상하게 조잡한 경위를 짜내봤자 도리어 거짓말 같겠다 싶어, 결국에는 그런 현란한 변명거리를 만들지 말고, 그냥 제가 물으면 어디 걷다가 벽에 긁혔다는 식으로 둘러대야겠다고 마음먹었습니다.

그 상처에 대해, 제가 뭐라고 말하는 일은 생기지 않았습니다. 저는 빵을 어떻게 구울지, 어떤 빵을 구울지, 카멜리

아보다 고급 밀가루, 가령 슈퍼 카멜리아나 슈퍼킹, 하루유타카 등등 여러 가지가 있는데 언제 그런 밀가루에 손을 댈 수 있는지 고민하느라 머리가 꽉 차 있어서 그의 상처를 알아채지 못했습니다.

그의 상처는 지금은 많이 아물었지만, 아직 상처자국이 또렷하게 보이긴 합니다. 그가 상처의 라인을 반대쪽 손 손가락으로 더듬어갔습니다. 그때 갑자기 현관문 문고리를 돌리는 소리가 났지만, 문은 잠겨 있는 듯했습니다. 밀가루를 사러 나갈 때, 제가 열쇠로 밖에서 잠그고 갔던 것이었습니다. 잠시 후, 다시 한 번 같은 소리가 나자, 그는 자리에서 일어나 현관으로 가서 열쇠구멍으로 밖을 봤습니다. 제가 밀가루와, 사는 김에 같이 산 탈지분유 등을 넣은 묵직한 세이유 봉지를 들고 서 있었습니다. 저는 열쇠로 잠그고 간 사실을 잊어버린 것이었습니다. 뿐만 아니라, 그가 문을 열어줘서 안에 들어갔을 때, 커튼이 아직도 완전히 닫혀 있는 것을 보고, 그것도 제가 그래놓은 것이라는 것을 순간 잊고 그만 그에게 한소리 할 뻔했습니다.

아마도 그리 멀지 않은 미래에 저의 이런 빵 만들기 열정은 차갑게 식어서, 겨우 일주일에 세 번 어쩌면 두 번밖에 빵을 안 구울지도 모르고, 그렇게 되면 다시 우리는 '코티디앙'에서 지금보단 훨씬 많이 빵을 사게 될 것이라고, 누구보다도 저 자신이 예측하고 있었습니다. 홈 베이커리 빵과 '코티디앙' 빵을 먹는 빈도의 딱 좋은 비율이 앞으로 자연스럽게 정해질 거라고 생각했습니다.

이렇게 해서 '코티디앙'은 세계적인 밀가루 가격 급등에 그다지 큰 타격을 받지 않았습니다. 우리의 구매 빈도에 따른 영향은 당연히 미미한 것이었습니다. '코티디앙' 애호가가 우리만 있는 것도 아니고, 또 가격이 올라서 매상이 하락하는 일은 언제든 일어날 수 있는, 지극히 일시적인 현상이었고, 싼 가격만을 내세워 장사를 하는 것이 아니라면 확실히 좋은 품질로 금방 다시 착실하게 매출을 만회해갈 것입니다.

그렇다고는 해도, 물론 이것은 비교적 낙관적인 케이스입니다. 저는 예전 '코티디앙' 자리에 있던 양과자 집 슈크림 빵은 지금 얼마에 팔리고 있을지 궁금해졌습니다.

★《신초新潮》2008년 6월

거리, 필수품

距離, 必需品

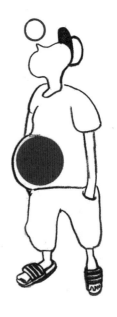

일요일 오후였다. 아파트 건물 2층에 있는 우리 집을 향해, 그가 콘크리트 외부계단을, 무거운 캐리어를 양손으로 들고 게처럼 옆으로 걸어 올라오고 있었다. 그는, 5주 만에 집으로 온 것이다. 계단에는, 군데군데 적갈색으로 녹이 슨 얇은 철제 펜스가 달려 있다. 그는 몇 번이나 캐리어를 그 펜스 철판 부분—작은 구멍이 거의 틈을 두지 않고 촘촘히 여러 개 뚫려 있다—에 부딪히고 있다.

그가 돌아왔을 때, 나는 일주일간 렌탈 중이자 반납기한이 임박한, 그러나 아직 못 본 DVD를 보고 있었다. 그 옆에서 그는, 캐리어를 열었다. 현지 공항을 출발할 때 캐리어 손잡이에 감아놓았던 'NRT'라고 적힌 테이프를 먼저 떼고, 가방 안에 꽉 차 있는 옷들 중 빨아야 하는 것을 꺼내 세탁기에 쑤셔넣으려고 했는데, 세탁은 마쳤으나 아직 꺼내지 않은 내

옷이며 수건들이 세탁기 가장자리에 둥글게 붙어 있었다.

　그는 댄서다. 발레나 뮤지컬 같은 대중적인 쪽이 아니라, 실험적 혹은 컨템퍼러리하다고 일컬어지는 종류다. 안무도 자신이 짠다. 그는 공연이나 워크숍을 하러 항상 여기저기를 다닌다. 나는 평범하게, 회사에 다니고 있다. 항상 일본에, 이 집에 있다.

　그는 뮤지션인 친구와 함께 그룹을 만들었다. 그 둘은 평균 일 년에 한 번 꼴로, '미니멀리스틱한' 공연작품을 같이 만든다. 그들이 만드는 것은 유럽에선, 예컨대 '마치 선禪과도 같이 미니멀리스틱'한 작품이라는 식으로 평가되는 듯하다.

　신작과 구작을 가지고 그 두 사람은, 일 년에 몇 번씩 유럽으로 공연을 하러 떠난다. 그리고 유럽 각지, 실험적인 작품을 올리는 페스티벌을 순회한다. 이번에 그가 다녀온 도시 이름들을, 나는 거의 외우지 못한다. 한 번인가 두 번인가 세 번, 이번엔 어디 가느냐고 묻기는 했는데, 그리고 그가 가르쳐주기는 했는데, 난 외우지 못한다. 일본이랑 유럽은 시차가 몇 시간 나지? 그것도 난 모르는데, 기억하려고 하지 않아서다. 물론 그는 알고 있다. 유럽에는 서머타임이 있어서 말이야, 그 시기가 되면 평소 시차랑 한 시간 더 차이가 나서 어쩌고저쩌고.

　나는 저녁밥을 준비해야 될 것 같아서, 뭐가 먹고 싶으냐고 그에게 물었다. 두 번째 기내식을 먹은 지 얼마 되지 않아서인지, 별로 배가 안 고프다고 그는 말했다. 나도, 이건 아마도 이 더위가 원인일 텐데, 식욕이 없었다. 손이 많이 가는 요리를 하는 것도 귀찮아서 소면을 삶아 둘이 호로록 먹기로 했다. 조금 넉넉하게 삶았다.

맥주도 마셨다. 맨 처음 한 모금 마시고 그가 후읏, 하고 흡족해하는 소리 같기도 하고 한숨 소리 같기도 한 것을 내뱉었다. 그러더니, 역시 난 일본 맥주가 최고인 거 같아, 라나 뭐라나. 그 말을 듣고 난 나도 모르게 뭐라고 할 뻔했지만 애써 참았다. 몇 주씩이나 이 집을, 뿐만 아니라 일본을, 떠나 있다가 이제 왔다 싶었는데 무신경하게 그런 얘기나 하다니. 그는 나한테 견디기 힘든 감정을 느끼게 만든다. 게다가 이런 식으로 내 신경을 건드려놓고선, 그 사실을 아는 건지 모르는 건지.

나는 전에 한 번 작정하고 그에게 말한 적이 있었다. 당신이 이러이러해서 이렇다는 얘기를 하면, 나로서는 이러이러해서 이런 식으로 느껴. 그러니까, 그런 얘기는 하지 말았으면 좋겠어.

그는 내 말을 듣고, 알았어 하고 말했다. 하지만 역시 모르고 있다. 그 알았다는 말은 도대체 뭐였을까?

그러나 나는 지금은 그런 짜증을 가라앉혀보려고 노력했다. 안 되면, 적어도 밖으로 드러나지는 않도록 노력했다. 그의 입장에서 보면 오랜만에 일본 맥주를 마시니까 맛있어서, 순수하게 맛있다고 말한 것이다, 그냥 그게 전부다.

그걸 모르는 것은 아니다. 발끈했던 게 조금 미안한 것 같아서, 나는 소면을 후루룩후루룩 소리를 내며 먹고, 마음을 가다듬고, 시차 때문에 힘들지 않아? 하고 그에게 물었다.

그랬더니 그는, 이번엔 금방 적응됐나봐 하고 말했다. 그곳에서의 마지막 밤에, 시차적응대책이라는 의미로 잠을 안 자봤어. 그 덕에 귀국하는 비행기에서는 거의 자면서 왔고, 그게 효과가 있는 것 같아, 한다.

그럼 잘됐네, 하고 나는 말했다.

하지만 결국 난 곧바로 짜증 난 것을 드러내고야 말았다.

발단은 그가 이런 얘기를 해서이다. 비행기가 나리타의 활주로로 무난하게 내려앉았을 때 얘기다. 그 순간 발생하는 지극히 사소한 충격이 지나가고, 감속이 충분히 진행되면서 주행 중인 기체가 승객에게 미치는 중력의 부하가 더는 느껴지지 않을 때쯤, 결과적으로 대단히 미약한 것이기는 했으나 자못 일본의 눅눅한 습도가 잽싸게 기내로 스며들어온 것을 그는 깨닫기 시작했다. 기체는 터미널 빌딩 가까운 지점에 이르러서 겨우 정지한다. 그리고 얼마 지나지 않아 띵 하고, 자리에서 일어서도 된다는 신호가 들려온다. 승객들은 일제히 일어나 순식간에 좁은 통로에 긴 줄을 만든다. 그도 그중 한 명이 된다. 줄은 느릿느릿 앞으로 나아간다. 간신히 그가 기내에서 빠져나올 차례가 된다. 승무원이 행렬에 선 사람들 한 명 한 명에게 보내는 가벼운 인사를, 그도 받는다. 기체에

착 달라붙은 보딩 브리지 안에서도 정비사가 양손을 가랑이 언저리에 모으고, 감사합니다, 감사합니다, 하고 계속 인사를 하고 있다.

보딩 브리지에 발을 내딛자마자 맹렬한 무더위가 엄습해 그는 속으로 으악, 했다고 한다. 그 통로를 건너는 대략 10초 사이, 그의 신체, 특히 피부가 드러난 목덜미나 이마 같은 부위에는 끈적끈적한 더위가 계속해서 들러붙었다.

그리고 그는 이때, 일본에 돌아왔다는 것을 실감했다고 한다. 비행기가 착륙할 때, 또는 짐 가방을 픽업해서 도착 게이트를 나왔을 때 이상으로, 그 찜통더위가 가장 강렬하게 일본에 왔다는 사실을 실감하게 했다는 거다.

그리고, 나에게 이렇게 말하는 것이다. 아니 진짜, 일본의 여름은 독특하다니까, 특히 이 습기.

이런 얘기를 한다는 것이, 나에 대한 우월감을 피력하는 것으로밖에 난 받아들일 수가 없는데, 그것은 어째서일까? 그때까지는 어떻게든 눌러 참고 있었던, 신경 거슬리는 감정을 그가 똑똑히 보도록 겉으로 드러내고 싶다는 욕망에, 난 더는 참을 수가 없었다. 우선, 참지 않으면 안 될 이유가 없을 것 같았다. 마치, 인간은 누구나 세계 각지의 여러 가지 여름 중에 마음에 드는 여름을 자유로이 고를 수 있지요? 하고 말하는 듯한 그 무신경함, 오만함은, 나를 정말로 짜증 나게 만든다. 게다가 내가 그런 말 하는 걸 싫어한다는 건, 그도 분명 알고 있을 거다. 그가 이런 식으로 날 짜증 나게 하는 것은 이번이 처음이 아니다. 오히려, 이렇게 길게 나가 있다가 왔을 때는 번번이 나한테 이런 짓을 한다고 해도 좋을 정도다.

나는 말했다. 나는 5주 동안 그 눅눅함의 최절정에서 매일 살았는데 뭐 불만 있어?

어? 하고 그는 살짝 곤혹스런 표정을 짓더니, 그러고 나서는 앗! 이러고 있다. 내가 평소에 그런 식으로 받아들이는 사람이라는 것. 따라서 그는 그런 날 위한 맞춤 행동을 해야 한다는 것. 이런 중요한 사실을 깜빡 잊고, 이번에도 또 부주의한 말로 나를 불쾌하게 하고 분위기를 험악하게 만들어버렸다는 것. 이 모든 것을 그는 뒤늦게 깨닫는다. 뒤늦게 깨닫는 것도, 맨날 똑같다.

그는, 미안, 그러더니, 그런 뜻으로 말한 건 아니었는데, 하며 할 말을 찾기 어려운 것처럼 말한다. 그리고 이 시점부터 그는, 나를 상대로 할 만한 이야깃거리가 아무래도 거의 없다는 걸 깨닫고, 그 결과 말을 안 하게 됐다. 맥주도 말없이 마신다. 소면을 후루룩거리는 소리만 난다.

내 눈에 눈물이 고이기 시작한다. 여기서 울면 너무 느닷없어 보일지도 모른다고 생각하면서도, 몸에서 그냥 일어난 일이니 어쩔 수 없는 것이라고 마음을 다진다.

그가 '그런 뜻'으로 한 말이 아니라는 것은, 설명하지 않아도 알고 있었다. 하지만 나에게 있어 문제는 그걸 알고 있음에도 불구하고, 내게는 그의 말이 어떻게 들어도 '그런 뜻'으로 말하고 있는 것으로밖에 안 들린다는 것이다. 게다가 난 생겨먹기를, 그의 변명을 듣고 스스로 인식의 부정합을 깨달아도, 요만큼도 내가 생각을 고쳐야겠다는 마음이 안 생긴다. 그는 이미 포만감을 느끼고 나서도, 얼마간 소면을 계속 먹는다. 더는 무슨 수를 써도 배 속에 안 들어갈 지경까지 먹고, 그제야 잘 먹었다고 젓가락을 내려놓는다.

우리는 한밤중을 조금 넘기고 잠자리에 들었다. 그가 나와 동시에 자려고 한 것은, 은근히 나를 배려하려 했던 건지도 모르겠다. 자기도 졸린 것 같다고, 누구한테 하는 말인지 모르겠는, 그냥 혼잣말 같은 말투로 그는 말했다. 하품도 했다. 그 모습을 봐서는, 그는 정말로 벌써 시차적응에 성공한 것처럼 느껴졌다.

우린 그때까지 틀어놨던 에어컨을 그대로 밤새 틀어놓고 자기로 했다. 열대야였기 때문이다. 요 며칠 쭉 이렇다고, 나는 말했다. 1시가 되려고 할 즈음에는 우리는 둘 다 잠들어 있었다. 거의 동시에 잠이 들었지만 그건 우연이었다.

그렇게 잠이 들긴 들었는데, 그는 결국 3시 반도 되지 않아서 깼다. 다시 자려고 해도 잠이 안 왔나보다. 역시, 그는 아직 시차적응을 못했던 것이다. 잠을 포기하고 그는 일단 일어나서 자기 방으로 갔다. 아직 캐리어 안에 있는, 비교적 두께가 있는 책을 꺼냈고, 다시 와서는 불을 켜고 도로 이불 위에 드러누웠다. 그는 독서를 시도했다. 참고로 나는 방에 불 좀 켰다고 잠이 깨거나 하지는 않는다.

그는 책갈피 끝이 책 아랫부분에서 삐져나와 있는 것을 손가락으로 집어 앞으로 쭉 당기며, 책갈피가 끼워져 있던 페이지를 펼쳐서 읽을 준비를 한다. 그가 읽고 있던 것은 소설이었다. 몇 개월이나 붙들고 있긴 한데, 계속 다 못 읽고 있다. 짧은 건 아니지만, 몇 개월이나 걸릴 만한 길이는 아니다. 이번에 출발하기 전에는 비행기로 갈 때, 올 때, 그리고 비는 시간에 호텔에서 다 읽을 작정이었는데, 5주 동안 읽은 건 50페이지도 안 되었다. 솔직한 얘기로, 별로 재미가 없었던 것이다. 그렇지만 마지막까지 안 읽은 채로 관두는 건 찝찝해서 싫었다. 얼른 다음 책으로 넘어가고 싶다는 일념 하나로 읽고 있는 것이다.

하지만 여전히 그는 독서에 전혀 집중하지 못 했다. 말똥말똥해지는 건 눈뿐이고, 머릿속은 뒤죽박죽이다. 30분도 안 되어서, 그는 스스로에게 단념했다. 일어나서 방 불을 껐다. 책을 덮고 머리맡에 두었다. 결국, 펼쳐놓은 딱 한 페이지 진도가 나간 것으로 끝났다.

그다음은 딱히 하는 일도 없이 누워 있었다. 생각거리만 여러 개 떠올리고 있었다. 가끔씩 나를 바라보며, 어떻게 다 큰 어른이 이렇게까지 잠버릇이 사나울 수 있을까, 생각한다.

기막히다는 게 아니라 탄복하고 있는 것이었다. 내 몸을 덮었던 얇은 담요는, 이미 진즉에 내 몸에서 멀어졌다. 거기다가 내 머리는 이부자리에서 삐져나와 있다.

하지만 그가 나에게 주의를 기울인 건 잠시 동안이었다. 대부분 그는 이불 주름이나 방 안의 어슴푸레함이나, 공유기의 LED램프가 내뿜는 빛 같은 걸 보고 있었다. 그리고 멍하니 공상을 했다. 그는 어제 저녁까지 유럽의 이곳저곳을 살다가 돌아왔고, 5주 만에 나와 얼굴을 마주했다. 이 사실이 그에게 주었더라면 좋았을 안도감, 아니면 단순히 기쁜 감정, 스멀스멀하는 감정 같은 것이 느껴져야 정상인데, 그런 느낌은 거의 제로에 가까웠다. 드디어 집에 와서 한숨 돌렸다기보다, 녹초가 되어버렸다는 기분이 조금 더 강했다. 그렇기 때문에 자기혐오 같은 감정도 느끼지 않고서는 있을 수 없었다. 시차 때문에 뒤죽박죽이 된 머릿속 느낌이 한층 더 도드라지고 말았다. 이런 네거티브한 종류의 번민이라면, 지금처럼 뒤죽박죽인 상태여도 정상일 때와 다름없이 두뇌를 움직일 수 있다는 것이, 그에게는 불합리하게 여겨졌고 화까지 날 지경이었다.

그는 몸을 뒤집는다. 그때까지는 나와 등을 지고 있었는데, 이제 내 쪽을 향한다. 나는 지금, 그에게 등과 엉덩이를 향하고 있다. 그는 나의 그 언저리를 보고 있다.

나는 예전에 몇 번인가, 그에게 비행기 좋아하냐고 물어본 적이 있다, 그걸 지금 떠올렸다. 그의 대답은 그때그때 달랐는데, '응, 아마 좋아하는 편인 것 같아' 할 때도 있었고, '별로 안 좋아하는 것 같은데' 할 때도 있어서, 제각각이었다. 좋아하는 것 같다는 대답을 할 때보다 안 좋아하는 것 같다는 대답을 할 때가, 더 단정적으로 말하는 것처럼 느껴질 때가 많았다. 그의 대답이 이랬다저랬다 했던 건, 자기도 자기가 비행기를 좋아하는지 안 좋아하는지 딱 잘라 말할 수 없었기 때문이다. 게다가 비행기를 좋아하냐 싫어하냐는 질문에 포함된 뉘앙스는, 비행기라는 탈 것의 외관을 묻는 것일 수도 있고, 비행기를 타고 하늘을 나는 행위 이상의 여러 요소에 대한 것일 수도 있다. 가령, 장시간 비행을 좋아하는가? 비좁은 공간에 장시간 처박혀 축 늘어져서 가는 느낌까지 포함해서, 그게 좋은가? 창가 자리를 받거나 일부러 창가 자리를 선택했을 때, 작은 사이즈로 보이는, 한눈에 들어오는 마을을 내려다보는 것은 좋아하는가? 구름바다 위에 있다는 것을 만끽하는 것이 좋은가? 기체가 기울어지면서 지면과 날개의 각도가 시시각각 달라지는 것, 그로 인한 나름의 스릴도 함께 만끽하는 게 좋은가? 유라시아 대륙의 한가운데 다습한 초원 상공을 해질 무렵 통과할 때, 그 일대가 황금색으로 빛나는 모습을 바라볼 수 있다는 것이 좋은가? 아니다, 좋냐 싫냐가 아니다. 그는 틀림없이 좋아한다. 그러니까 내가 묻고 싶은 것은 얼마나 좋은가, 이다. 산골짜기 취락이 보이기

오카다 도시키 단편집

시작했을 때, 그곳에서 영위되고 있을 생활에 대해 자신의 얄팍한 지식과 엉터리 편견으로, 아마도 정답에선 상당히 빗나간 상상을 하고, 그런 삶 속으로 갑자기 퐁당 내던져지면 과연 자기는 잘 헤쳐나갈 수 있을지, 그 삶에 충분히 만족할 수 있을지, 그런 생각을 이리저리 해보는 것을 얼마나 좋아하는가? '비행기 좋아해?' 하고 그에게 물을 때, 내가 묻고 싶은 것 중에는 그런 것들이 포함된다.

뿐만 아니라 이런 것도 포함된다. 여기서 7시간이든 8시간이든 시차가 있는 어느 지역으로 가서, 그곳에서 지내느라 몇 주간이고 집을 비우고 호텔 생활을 하며, 여러 도시를 돌아다니는 여유로운 자유를 누릴 수 있는 것, 그러한 환경을 획득한 자신의 현 상태가 얼마만큼 좋은지, 그것을 얼마만큼 감사하게 여기고 있는지. 그리고 그러한 환경에 있으니까, 내가 이따금 보고 싶어져서 나랑 스카이프해야겠다는 생각을 한다거나, 그때 시간을 보고 일본과의 시차를 감안해서, 지금 시간이면 내가 벌써 자고 있겠구나, 아니면 벌써 일어났겠구나, 조금 있으면 점심시간이 되겠구나, 그러면서 일본의 시간을 살고 있는 나의 삶에 관심을 가져보는 것을 좋아하는가? 자기만 이런 식으로 자유를 누리고 있어서 나에게 미안한 마음이 드는 그 씁쓸함이 얼마만큼 좋은가? 이런 것들도, 나의 '비행기 좋아해?'라는 질문에 포함되어 있다.

또 거기에는 공항이라는 장소가 좋은 건지도 포함된다.

공항에서 보내는 대기시간을 좋아하는가? 공항이라는 건축물이 좋은가? 공항에서 해야만 하는 출입국 심사 같은 일련의 수속을 차례로 밟아갈 때 마주하게 되는 굉장히 형식적이고, 솔직히 거기 직원들도 대충 하지 뭐 하러 이러고 있나 싶을 것 같은, 왠지 모르게 느껴지는 독특한, 개방감이라고 해도 좋을 그 분위기를 좋아하는가? 이런 것들, 그리고 이것 말고도 더 여러 가지 것들이 '비행기 좋아해?'라는 나의 질문 안에 담겨 있다. 그리고 그걸, 그도 감지하고 있다. 그의 대답이 그때그때 다른 것은, 그 때문이기도 한 것이었다. 그 질문에 포함되어 있는 뉘앙스가 너무나 많아서, 그중 어느 것을 메인으로 놓고 대답할지, 그건 결국 그때그때 기분 따라 달라지는 것이다.

그는 지금, 지금으로부터 아직 30시간 정도밖에 안 된 과거인, 환승 때문에 암스테르담 공항에서 긴 시간을 보냈을 때의 그 흐물흐물 이완된 감각을, 어느새 애틋하게 회상하고 있다. 그는 지금, 나의 엉덩이 부근과 바로 그 위 옷자락이 말려 올라가 맨살이 보이는 등 언저리에 시선을 두면서, 외광이 많이 들어오게 만들고 아무튼 흰색이 특징인 공항의 공간적 느낌을 상기하고 있다.

그리고 그는, 공항이라는 장소를 떠다니는 왠지 모를 자유 비슷한 특별함 같은 것, 예를 들면 며칠이나 머리를 안 감은 것 같은 몰골로 덩치가 큰 백인 배낭여행자가 바닥에 털

썩 앉아 몸을 기둥에 기대어 거기 있는 전원에 어댑터를 연결하고, 하품을 하며 노트북을 만지작거리는 모습을 보더라도 딱히 이상하거나 위험하거나 더럽다고 생각하지 않을 수 있을 여지가 있다는 것, 그런 느낌도 함께 떠올려본다. 이번 돌아오는 비행기는 환승 조건이 안 좋아서 대기시간이 7시간에 달했다. 싼 티켓을 사면 심심찮게 이런 일이 있다. 면세점이나 레스토랑, 카페가 가지가지 북적대는 구역 한구석에는, 검은 비닐 소재의 그럭저럭 푹신푹신한 의자가 즐비해 있다. 그걸 벤치 하나만큼 통째로 차지하고 엎드려 누워서, 그때도 그는 지금 머리맡에 놓여 있는 소설을 읽고 있었다. 하지만 조금 전과 마찬가지로 그때도 별로 진도가 나가지 않았다.

공항에 7시간이나 있어야 하면, 여러 가지 일들이 어떻게 되든 말든 상관없어지게 된다. 그는 그게, 솔직히 아주 좋았다. 나는 그걸 알고 있다. 그는 가끔 비행기와 관련된 일들에 대해 나에게 불만을 말할 때가 있다. 환승하는 데 7시간이나 떠서 기다려야 된다니 이건 상식적으로 말도 안 되는 일이라고 하기도 한다. 파트너인 뮤지션이랑은 완전히 따로 움직이기로 했거든. 그건 불문율이야, 계속 쭉 같이 있으면 지겨울 테니까. 그가 이렇게 투덜거릴 때, 반복되는 일상과도 같은 것으로부터 동떨어져 있는 공항이라는 장소가 가끔 자기와 관계를 맺고, 또 거기서 은혜를 입고 있는 것이나 마찬가지라는 점에 대해서도 잘 알고 있다. 무의식중에 그러는 것인지 그걸 위장하려는 계산이 작동해, 그가 그런 흔한 일반론 같은 불평과 불만을 토로하는 면이 있다는 것을, 나는 알고 있다. 환승을 위해 7시간이나 대기하는 것이 지루하고, 축 처지게 만든다는 것은 분명한 사실이니까, 그는 결코 스스로 속이고 있는 것은 아니다. 그는, 이코노미 클래스가 갑갑하다고 나한테 불평한 적이 있다. 기내식이 운반될 때가 되면, 제일 먼저 비즈니스 클래스와 경계가 되는 통로에 커튼을 쳐 건너편 모습을 엿볼 수 없게 만든다. 비즈니스 클래스보다 상위 그룹은 당연히 메뉴가 다르고, 와인 브랜드까지 지정할 수 있는 듯하다. 커튼이 닫히는 순간 굉장히 '계급'이 느껴져, 하고 그는 말한다. 그 말을 듣고 나는, 진짜 그렇겠네, 하고 생각한다. 하지만 기내식의 등급이며 자리의 쾌적한 정도 차이 따위가 무슨 상관인가. 그건 중요한 차이가 아니다.

유럽식 식사는 헤비heavy해서 계속 그것만 먹으면 배 속이 꼭 볼링공이 들어간 것처럼 묵직해. 물기가 없이 푸석푸석하고. 밥이랑 된장국이 그리워져. 이렇게 그가 투덜거릴 때가 있다. 그 얘기를 듣고 나는, 진짜 그렇겠네, 하고 생각한다.

그는, 나를 못 봐서 쓸쓸해진다고 할 때도 있다. 그 말을 듣고 나는, 진짜 그렇겠네, 하고 생각한다.

시차적응에 실패하고 머리가 뒤죽박죽되어서 제구실을 못하게 된 것 같다고. 그 뒤죽박죽거리는 증상이 사라지고 말끔해지기까지 일주일은 걸린다고, 그게 여간 괴로운 게 아니라고, 그가 말할 때가 있다. 진짜 괴롭겠네, 하고 나는 생각한다.

장시간 비행할 때는, 출발지의 시간대와 도착지의 시간대와도 다른, 그 비행기 안에만 있는 고유한 시간대 같은 것이 생긴다. 그건 이쪽 시간대에서 다른 한쪽의 시간대로 깔끔하게 이어붙이기 위해 존재하는 것이 아니다. 승객들은 그 시간을 보내도록 강요된다. 첫 번째 기내식이 끝나고 잠시 후 기내는 조명이 어두워지고, 안내방송으로 창문 블라인드를 내리라고 재촉한다. 그건 딱히, 시차적응이 잘되게 도와주려는 조치가 아닐지도 모르겠다고, 그는 최근 생각하게 되었다. 이륙에서 착륙까지, 어떤 시간적 구성을 갖게 하기 위해 행해지고 있을 뿐, 시차를 완화시키려는 의도 같은 것은 애초부터 없었던 거 아닌가 하고. 하지만, 그는 그런 얘기를 나한테는 못 한다. 내가 그런 이야기를 싫어할 테니까, 그리고 전혀 관심 없어 할 테니까.

그는 비행기란 거리를 두기 위한 장치일 것이라고 믿고 있다. '여러 가지 일들이 어떻게 되든 상관없어진다'는 것도 이걸 바꿔 말한 것이다. 비행기, 공항, 시차, 기내에서 보내는 긴 시간, 외화를 쓰는 탓에 평소보다 금전감각이 마비되는 것, 소변기의 생김새나 높이가 늘 보던 것과 다르다고 느껴지는 그런 사소한 것 하나하나에 눈이 가는 것. 아마 그렇게 하고 싶다는 온갖 것들을 종합한 결과가, 사람에게 거리 둘 기회를 준다. 그리고 예를 들어 여행지에서 그곳 사람들이 생활하는 모습, 그 일부분을 바라보고 있으면, 그런 평범한 나날의 영위가 사랑스럽다고 인식되는 순간이 찾아온다. 하지만 그런 건 어쩐지 용서할 수 없는, 오만함 같다. 그런 오만함은 거리를 두는 장치를 거친 다음에서야 얻을 수 있는 것이다. 그가 나를 생각하는 마음도, 그 오만함으로 인해 생긴 것이다. 나와 떨어져 있는 동안만 그는 나를 생각할 수 있다. 나를 생각함으로써 그는 스멀스멀 올라오는 것을 자기 마음속에 머물게 할 수 있다. 하지만 나는 그런 장치를 헤쳐 나가지 않고 이 방에 있다. 이런 생활을 하고 있다. 하나의 언어만으로 살아가고 있다. 한 종류의 화폐만으로 살아가고 있다. 그러니까 그가 나를 생각하고 있는 것처럼 똑같이 그를 생각하는 것은, 나에겐 불가능한 일이다. 그와는 달리 나한테는 그렇게 해볼 계기가 주어지지 않았다. 그것이 나는 억울하고, 화가난다.

지금은 월요일, 새벽 5시다. 밖은 벌써 훤히 밝다. 하지만 방은 어두컴컴하다. 커튼 틈 사이로 들어온 빛이, 비닐테이프 정도 되는, 얇은 띠 형태로 바닥에 떨어져 있다. 그 빛은 방 안으로 비스듬히 뻗었다. 그리고 그와 내가 각각 누웠던 두 장 나란히 깔아놓은 이불 중 내 이불 오른쪽 윗부분 귀퉁이를 스치고 있다. 이불의 세로 가장자리와 가로 가장자리에, 이

선을 합하면 작은 삼각형이 된다. 한 변이 15센티미터 내외가 될 정도다. 그렇게 만들어진 삼각형 안으로, 가볍게 쥔 나의 왼손이 손바닥을 위로 둔 채 놓여 있다. 그 빛의 띠는 내 얼굴에도 걸려 있었다. 내 눈가, 코 위 언저리를 횡단하고 있었다. 내 눈가는 볼록 부풀었다. 어젯밤 울었기 때문에 부은 것이다. 잠에서 깬 다음 나는 눈 부은 것을 어떻게든 조금이라도 화장으로 가려보려고 온갖 궁리를 다하겠지? 하지만 지금의 나는, 그런 건 하나도 모른 채 정신없이 자는 중이다. 눈도 안 부시나? 아니면 덥지도 않나? 내가 잠에서 깨는 건, 지금으로부터 두 시간도 더 지나서다. 나는 7시 반까지 잔다.

해 뜰 무렵 이 시간대가 되면 바깥도 완전히 선선해졌을 테니까, 먼저 일어난 그가 에어컨을 끄고 창문도 열어주고 그러면 좋을 텐데, 그는 아예 그럴 생각도 못 하는 것 같다. 그는, 얇은 띠가 된 빛의 '광원'이라고 해야 하나? 아무튼 그것이 들어오는 창문, 커튼의 틈 언저리를 바라보고 있다. 아침 기운은, 창밖, 커튼 너머에서 순식간에 뚜렷해져간다. 그 광경을 지켜보며 그는, 30시간 전에는 자기가 아직 유럽에 있었고 그곳 시간대로 치면 이제부터 밤이 될 때라고, 누구나 할 법한 평범한 생각에 순간 빠져 있었다.

내 바로 옆으로 그는 몸을 당겨왔다. 그는 왜 어젯밤 나에게, 절대로 해선 안 되는 말이라는 것을 조금이라도 생각해보면 쉽게 알 수 있었던 말을 이번에도 또 덤벙대며 뱉어버린 건지, 이 타이밍에 스스로에게 실망해야 된다고 생각하면서도 실은 별로 실망도 하지 않고, 누워 있는 자기 몸을 이따금씩 아무 의미 없이 꼼지락댄다. 그리고 그는, 널브러진 담요를 내 위로 잘 덮어준다. 나는 잠들어 있느라 알지 못한다. 그건 그렇고, 벌써 7시 15분이었다. 이제 슬슬 눈을 뜨지 않으면 나는 지각하고 말 것이다.

★《군조群像》 2011년 2월

문제의 해결

問題の解決

내가 임신하지 않았더라면 안 그랬을지도 모르겠지만, 아니, 임신 안 했어도 그랬을지도 모르겠지만, 나와 유타카는 대지진 이후 도쿄로부터 도망치기로 결심하고 구마모토로 이사했다. 나는 출산 준비도 해야 해서 원래 회사를 그만둘 예정이기는 했다. 하지만 예정보다 세 달 빨리 그만두게 된 것이다. 대지진을 계기로 나는 휴대폰을 iPhone으로 바꿨다. 나는 이제 두 번 다시 도쿄에는, 도쿄보다 더 동쪽의 일본으로는 갈 일이 없을 것 같다. 친구나 지인, 혈연관계에 있는 사람들 중에, 많은 사람이 이 이야기를 듣고 놀랐다. 처음 이 계획을 고백하면, 몇 명은 미묘한 반응을 보이고, 그러고 나서 떨떠름한 기분이 되었다. 어머, 그렇구나, 이사를 간다고, 대단하다, 과감한 결단했네, 그래, 그렇게까지 하는구나······ 하는 식이다. 사실 이런 얘기를 한 것은 딱 한 명이기는 한데,

그런 말을 할 것 같지 않은 사람한테 심한 말을 듣기도 했다. 그 사람 말은, 내가 비겁하고 엄살을 떤다는 것이었다. 그것도 표면상으로는 줄곧 부드러운 말투로. 나는 그 말에 대꾸하지 않았다. 그 사람은 그때 술에 취해 있었으니까. 적어도 내 입장에서는 그 사람이, 말투가 완곡한 만큼 그 속은 특히 더 꼬여 있는 것 같았다. 거기에 대고 내가 내 입으로 보복하는 듯한 말을 하지는 않았다고 생각한다. 그런 짓은 하면 안 된다고 다짐하고, 그 다짐을 분명히 지켰다고 생각하며, 앞으로도 그럴 작정이다. 그랬던 일들 하나하나가 아주 옛날에 있었던 일 같다. 실제로 집을 잃거나 가족이나 친구, 연인, 가깝게 지내던 이웃을 잃은 사람들에게 시간은 빨리 흘러갔을까, 아니면 느리게 흘러갔을까? 나는 잘 모르겠다.

여기로 와서 새로 구한 아파트는, 도쿄의 집보다 훨씬 넓고 방이 세 개나 있다. 도쿄에서는 원룸에서 살았다. 집세는 똑같은데 말이다. 이 집의 넓이는 초반에는 사람 마음을 들뜨게도 만들고 반대로 위축시키기도 해서, 어쩐지 나의 마음은 조급해졌는데, 최근에는 이 넓이에도 서서히 적응이 되어 그렇게 큰 기복으로 동요되는 일은 없어졌다.

오늘의 태양은 이제 두 시간도 못 되어 오늘의 할 일을 마쳤다고 저물기 시작하겠지? 하지만 아직은 시간이 남아 있기 때문에 우리 집 창문으로 보이는 이 풍경에, 가까운 경치에도 먼 경치에도 평등하게 할당된 햇빛을, 얼마 남지 않았을지 모르지만 그래도 쥐어짜낸 듯, 그렇게라도 조금 더 힘을 내어 비추어야만 한다. 무겁게 삼켜버릴 것만 같은 느낌과는 정반대인 구름들이, 오히려 그 가벼움으로 창공을 받치고 있는 것처럼 보여 하늘이 어쩐지 평소보다 높다. 시영 전차가 대로 위를 달리고 있다. 내가 늘 이렇게 권태로운 눈으로 창밖을 바라보는 것은 아니다. 지금 이런 낯선 행동을 하는 것은, 오늘 밤에 미도리 씨와 가미토오리上通에 있는 밥집에 가기로 약속했기 때문이다. 외출할 일이 있다. 단지 그것뿐이지만 그게 나를 구원할 수 있다. 구원이라니, 무엇으로부터? 예를 들어 오늘 저녁노을에 젖은 풍경이, 나를 우울하게 만드는 것 같았으니까. 지금은 이렇게 보고 있어도 아무렇지도 않다. 바닥에 그냥 놓은 텔레비전이 켜져 있는 것은, 내가 아까 켰기 때문이다. 저녁 뉴스를 하고 있다. 나는 그것을 보고 있지 않고, 소리만 듣고 있는 것도 아니다. 그럼 뭘 하고 있는 것인지 굳이 말하자면, 마조히스트처럼 공복을 참으며 텔레비전을 무시하고 있다. 무시하기 위해서 켜놓은 거다. 나란 사람은 참 삐딱한 사람이다. 하지만 삐딱한 것은, 어디까지나 부분적으로 그런 것뿐이다.

　유타카는 지금 구마모토에는 없고, 베를린에 있다. 베를린 전에는 도쿄에 2주 정도 있었다. 그리고 그저께 나리타에서 국제선을 탔다. 그러니까 거의 보름 정도 그를 보지 못했다. 나는 그동안 쭉 구마모토에 있었으니까. 그는 지금, 호텔

조식을 많이 먹고 있다. 밖에는 비가 내리고, 그는 밖을 보면서 입을 우물거린다. 훈제연어, 식초에 절인 청어. 당근, 래디시, 파프리카, 무, 오이를 먹기 좋은 크기로 썰어놓은 것. 햄, 치즈, 피클. 검은 빵, 여러 종류의 씨앗을 겉면에 묻혀놓은 빵. 시리얼과 과일, 두유. 그사이에 커피를 몇 잔 마신다. 마지막으로 작은 유리컵에 남긴 주스를 마신다. 안뜰에서 담배를 하나 피우고, 그러고 나서 방으로 오면, 뷔페라 욕심내 과식해서인지 트림이 나온다. 이를 닦고, 화장실에 들어간 김에 볼일을 본다. 화장실에서 나온다. 그리고 휴면상태로 들어간 노트북을, 탁탁, 하고 키보드를 눌러 다시 가동시키고, 그러면 컬러풀한 오로라 같은 스크린 세이버가 사라지고, 그걸 가지고 스카이프 경유로 나에게 전화를 건다. '발신번호제한'이라는 표시가 내 iPhone에 뜬다. 스카이프에서 걸면 그렇게 뜬다. 하지만 나는 아직 그 화면을 못 보고 있다. 계속 울리고 있는 iPhone을 아직 못 찾았기 때문이다. 이건, 아마도 상당히 많이 의식하지 않으면 고치기 힘든 버릇 같은 것이다. 그리고 나는 아마도 이 버릇을 평생 못 고칠 것이다. 휴대폰을 어딘가에 놓고, 그대로 잊어버린다. 그래서 전화벨이 울리면 그때마다 많든 적든 어디 있는지 찾느라 고생한다. 나의 이런 소란은 언제나 있는 일이기 때문에, 내가 전화를 받을 때까지의 내 모습이, 그에게는 눈앞에 선하게 펼쳐질 것만 같았다. 손에 잡힐 듯 훤한 일이었다. 나의 iPhone은 프린터 옆에 있었다. 프린터는 전화기 옆, 같은 선반에 나란히 있었다. 아까 그 프린터를 써서 내 보험증을 복사했을 때, 그 직전까지 iPhone을 손에 쥐고 있었던 것이다. 그리고 그걸 프린터 옆에 무의식적으로 놔둔 것이다. 잘 지내? 몸은 어때? 그가 말한다. 그래서 난, 괜찮아, 하고 대답했다. 입덧하는 시기는 이미 끝났고 지금은 소위 말하는 안정기로 돌입했기 때문에, 괜찮다고 한 것은 진짜다. 자기는 어때? 괜찮아? 이번에는 내가 묻는다. 괜찮아, 하고 그는 대꾸했지만, 나는 이 말을 과연 믿어도 되는 걸까? 정말로 괜찮은 걸까? 왜냐하면, 얼마 전까지 그는 괜찮지 않았기 때문이다. 도쿄에 있는 며칠 동안, 굉장히 불안정한 시기가 있었다. 내가 그에게, 어때? 잘 지내? 라고 되물었던 이유는, 그가 먼저 안부를 물었기 때문에 거기에 대한 답변이란 의미도 있었고, 그뿐이 아니라 괜찮은지 아닌지 진심으로 걱정이 되어서이기도 했다. 도쿄에 있을 때 걸려온 전화에서, 지금 자기는 살면서 한 번도 이런 적이 없었을 정도로 정신적으로 불안정하다고 한 적이 있다. 자기 입으로 그렇게 딱 잘라 말할 만큼 정말로 불안정했다고 볼 수 있다. 자기 입으로 말이 나올 정도 딱 그만큼 불안정한 거였다고도 할 수 있지만. 무슨 말인지 잘 모르겠는 말을 중얼거리면서, 누군가에게 저주를 퍼붓는 것인지, 아니면 자기한테 퍼붓는 것인지, 아무튼 심하게 투덜거리는 소리를 몇 분 동안 하더니, 다 끝날 때쯤, 이렇게 얘기를 하면 기분이 풀릴 줄 알고 전화한 건데 결과는 반대다, 아까보다 더 불안정해졌다, 이럴 줄 알았으면 전화하지 말걸, 그러면서 갑자기 전화를 팍 끊어버린 일도 있었다. 어느 날 밤, 그것도 아주 늦은 밤중에 건 전화였다. 나는 우연히 깨어 있었다. 왜 그래? 하고 묻자, 다마를 못 보니까 쓸쓸하다고 했다. '다마'란 그가 나를 부를 때 쓰는 애칭인데, 그이 말고는 나를 그렇게 부르는 사람은 없다. 무슨 일이 있어도 꼭 그는 나를 그렇게 부르는데, 어쩌다 그런 애칭이 생겼는지는 잊어버렸다. 수화기를 통해 느닷없이 그런 소리를 들으면, 나는 어떻게 해야 하는 걸까? 이 말을 전적으로 혹은 진지하게 진심으로 받아들여서, 그에게 아주 다정하게 그리고 과잉되지 않게 상냥한 태도로 대응해줘야 하는 걸까? 농담이 아니니까 그래야 할지도 모르겠다. 그렇게 해줬으면 좋았을걸. 하지만 이렇게 갑작스럽게, 못 보니까 쓸쓸하다는 그런 열량 높은 말이 나를 향해 들이닥쳐도, 그가 지금 현재 위치한 장소, 그가 그날 하루 무얼 했는지, 무슨 애기를 하고 무슨 애기를 들었는지, 무슨 정보를 어떤 매체, 어떤 툴을 통해 얻었는지, 어떤 감정의 흐름을 경험했는지, 그런, 날 못 봐서 쓸쓸하다는 말을 그가 전화로 뱉어낸, 그 전후관계랄까 그 문맥이 나한테는 잘 이해가 안 되었기 때문에, 아무래도 이렇게 말하면 그의 말을 의심한다는 소리밖에 안 되겠지만, 그 말이 입에 발린 소리처럼 들린다. 그래서 나도 슬프지만, 어쩔 수가 없다는 생각도 든다. 나는 결국, 그

오카다 도시키 단편집

에게 이렇게 말할 수밖에 없다. 그런데 이제까지 유럽도 가고 미국도 가서, 길게는 두 달 정도 나랑 안 만난 적 몇 번이나 있었잖아? 그때랑 지금이랑 무슨 차이야? 별로, 그가 설명해 주기를 원하는 것은 아니었다. 이렇게라도 말하는 것 말고 나에게는 선택지가 없다는 느낌이 그땐 들었다. 아무 말도 안 하고 침묵만 흐르게 할 수는 없었기 때문에, 그것 말고는 뭐든, 무엇이든 해야 했다.

그러자 그는 뭐가 다르냐고? 그렇게 생각하면 분명히 그렇기는 하지, 하고 말했다. 순간 태도가 유순해진 것 같은 느낌도 들었다. 차이가 없지 않느냐는 거지? 응, 그 부분에 대해선 나도 놀랐어, 아니, 나도 이번 경우랑 지금까지랑 기본적으로 똑같다고 생각을 했거든. 뭐, 그건 결과적으로는, 내가 너무 안이했다는 얘기가 되어버릴지도 모르겠지만, 그래도 실제로 도쿄에서 혼자 있어보니까 전혀 다르더라고, 깜짝 놀랐다니까.

어떻게 다른데? 하고 나는 물었다.

어떻게 다르냐면, 그는 이렇게 말을 꺼내더니 잠시 뜸을 들였다. 그걸 말로 하기까지 머릿속을 정리하기 위해 필요한 시간이었을 수도 있지만, 그보다 말을 머뭇거리는 것처럼 보이게 만든 시간이었다는 게 조금 더 정확한 것 같은, 그런 몇 초의 시간이 지나고 그는, 이번 경우는 내가 도쿄에 덩그러니 버려진 것 같은 기분이 들어서, 혼자 남겨져서 굉장히 내가 고독하다는 생각이 들어, 하고 말하는 것이었다. 지금까지는 그런 식으로 느낀 적이 없었으니까, 그런 의미에서 전혀 다르다고 하는 것이었다. 그 얘기를 듣고 나는, 그래? 하고 말했다. 그 말밖에 안 떠올랐고, 그 말밖에 할 수 없었다. 지금 그의 말이 엄청나게 신경에 거슬렸기 때문이다. 자기 입으로 너무나 약한 상태라고 할 정도로 불안정한 사람한테, 이 짜증을 확 퍼부어주고 싶을 만큼. 나를 여기 두고 자기가 외국 돌아다닐 때는 평온했는데, 자기가 혼자 남겨지는 건 참을 수 없을 만큼 불안하다는 것이다. 그는 깨달았을까? 지금 자기가 한 말이 상당히 염치없는 말이라는 것을.

　조금 더 그럴싸한 이유를 대도 괜찮았을 것이다. 자기가 지금 여기 도쿄에서 매일매일 외부적으로도, 내부적으로도 피폭되고 있는 것 같아 너무 불안하다, 뭐 그런 이유 말이다. 그런 이유라면 나도 더욱 순수하게 동정했을 것이다. 아니면 자기가 지금 얼마나 불안정한 상태인지를, 남의 눈치 볼 것 없이 더 강하게 어필해도 좋았을 거다. 그러니까 차라리 더 더 더 원 없이 자기연민을 퍼붓는 노력을 하는 게 더 좋았을 것이다. 내가 지금 한 말이 너무나 이기적이라는 거 잘 알아, 당연하지. 모르는 줄 알았어? 무시하지 마. 이런 식으로 되받아쳐버릴 정도로. 그런데 지금은 봐줬으면 좋겠어. 타박하지 말았으면 좋겠어. 다만 너는 이제는 입덧도 끝났고, 아직 산후우울증 그런 것도 아니잖아? 그러니까 나 조금만 봐줄 여유, 지금은 있잖아? 그런데 지금 나는 이런 적 여태 살면서 한 번도 없었을 만큼 불안정하고 너무 불안해서, 이러다가 나 파멸해버리겠다는 생각까지 들었어. 어? 웬 파멸이냐고? 구체적으로 파멸이라는 게 무슨 말이냐고? 나도 몰라, 내가 어떻게 알아. 내가 파멸할 것 같다고 생각한 적 이번이 처음이라니까. 파멸이라는 말을 내가 내 얘기 하면서 설마 쓰는 날이 올 줄은 살면서 상상도 해본 적 없단 말이야. 그런데 어떻게 알겠어?

나는 '아티스트'라는 단어가, 아무리 생각해도 부끄럽다. '예술가'라는 말은 더 부끄럽다. 그 단어들 자체가 그렇다기보다, 그런 말을 내가 쓴다는 것이 부끄럽고, 솔직히 말도 안 된다. 이건 일본어 감각으로 봤을 때, 지극히 당연한 반응이라고, 나는 생각한다. 단, 그러면 내 입장에서는 곤란한 점이 있는데, 그 이유가 뭐냐면, 유감스럽게도 유타카가 '아티스트'이기 때문이다. 그는 퍼포먼스 작품을 만들거나 퍼포먼스를 영상화해 그것으로 설치미술을 한다. 살다보면 나의 배우자가 무슨 일을 하는 사람인지를 누군가에게 이야기해야만 할 때가 있기 마련인데, 나는 그런 경우 그가, 퍼포먼스 같은 것 또는 영상작품을 만드는, 그런 비슷한 일을 하는 사람이라는 식의 이도 저도 아닌 표현을 쓴다. 그이는 아티스트예요, 하고 후련하게 소리 내어 말하는 건 절대로 불가능한 일이다. 이도 저도 아니게 설명을 하는 것은, 반은 그 설명에 나 스스로가 익숙해지지 않는다는 것이고, 설명을 하는 것 자체에 불편함을 느꼈기 때문인데, 일부러 이도 저도 아니게 그대로 쭉 내버려두는 것도 있다. 이도 저도 아닌 방식으로 더 설명을 하면, 나의 이 어찌할 수 없는 부끄러움, 불편함이 극히 조금이나마 경감된다. 그런 거에 기대지 않고, 그이는 이런 이런 일을 하고 있습니다, 하고 말한다는 것은, 나한테는 절대까지는 아니어도, 못 하겠다. 그이 왈, 내년에 베를린에 있는 유니크한 갤러리, 뭐 베를린에 있는 갤러리 중에 유니크하지 않은 게 없지만, 아무튼 그 갤러리에서, 전 세계 총 서른 명 정도의 비주얼 "아티스트"나 퍼포밍 "아티스트"를 불러서, 자기네 베를린을 거점으로 활동하고 있는 건축가 몇 명이랑 컬래버레이션을 할 거래, 야외를 무대로. 그런 취지의 전시회를 기획 중인데 유타카는 그 참가 "아티스트" 중 한 명이고, 지금 그가 베를린에 있는 것은 무대가 될 야외 부지를 견학하고, 이미 한 번 인사는 나눈 그의 협력 파트너가 될 건축가와 더욱 구체적인 회의 등을 하기 위해 와달라는 연락을 받고 간 것이었다. 이렇게 이런 식으로 나는 "아티스트"라는 말을, 따옴표를 붙여서 쓰고 싶은데, 그렇게 하지 않으면 쓸 수가 없다. 일일이 따옴표가 달려 있는 것이 설령 미련해 보인다고 해도, 따옴표 없이 쓰는 것은 나에게 있어 나 자신의 마음, 나 자신의 감각에 솔직해지는 것을 희생하라는 의미이기 때

오카다 도시키 단편집

문에, 따옴표를 버리는 일만큼은 나는 단호하게 거부하고 싶다. 영어 같으면 "아티스트"라는 말은 별로 부끄러운 것이 아닐 테고, 그이가 지금 있는 장소의 언어, 즉 독일어로 해도 분명 부끄럽지 않을 것이라는 건 쉽게 상상이 간다. 하지만 나는 영어나 독일어를 하는 사람이 아니다. "아티스트"나 "예술가"라는 말을 쓰는 것이 너무 부끄럽다. 그런 감각이 딸려 있는 언어가, 일본 말고 세계 어딘가에 또 있을까?

베를린에서 걸려온 전화 속 그의 목소리는, 도쿄에서 힘든 시기에 들었던 목소리보다 단연 밝았다. 그 소리를 듣고, 아, 다행이다, 하고 생각했다. 하지만 그야 그렇지, 베를린에 있으면 자기 혼자 내버려졌다는 기분은 당연히 안 들 테니까, 오히려 반대로 나를 일본에 두고 왔다고 생각할 수 있게 되니까, 하고 생각했다. 그는 베를린이 좋은 모양이다. 벌써 몇 번이나 갔는데, 갈 때마다 좋아진다는 말을 했다. 어제는 유태인 박물관에 갔던 것 같다. 지금까지 이상하게 갈 기회가 없어서 이제야 처음으로 가본 것이었는데, 굉장히 좋았어, 이렇게 말하면 싸구려 표현이 되어버리지만, 굉장히 감동받았어, 하고 그는 말했다. 한번 나를 데리고 가고 싶다고 했다. 나는, 그러고 보니 그가 전에 구마모토는, 베를린은 다를지도 모르겠는데, 독일 거리를 닮은 것 같다고 했던 것이, 이때 떠올랐다. 그렇지만 베를린이 좋다는 것은 진심일까? 그가 보고 체험하고 또 좋다고 생각하는 베를린은, "아티스트"에게 있어서의 베를린인 것 아닌가? 이런 의심 어린 마음이 내 속에 자리 잡고 있어서, 나처럼 평범한 일을 하는 사람, 아니, 지금은 일을 그만두었으니까 무직이라고 해야 하나? 주부라고 하면 되나? 잘 모르겠지만, 임신부라는 것은 분명하다. 그런데 임신부는 그런 카테고리 분류와는 관계가 없는데, 아무튼 평범한 사람에게 베를린은 어떤 곳일까? "아티스트" 시선으로 베를린을 보고 있을 그의 이야기를 듣는 것만으로는, 모르겠다. 나는 그에게 베를린에도 가보고 싶고, 유태인 박물관에도 가고 싶다고 말했다. 그런 저런 이야기로 전화를 끊었다. 나는 그가 뚜렷하게 할 말이 있어서 전화를 건 것 같지는 않다고 느꼈다. 물론 그래도 전혀 상관없다. 하지만 이건 나는 잘 알지도 못 하고 알 수도 없는 것이라고 생각하지만, 그는 실은 유태인 박물관 이야기를 나한테 더 하고 싶었던 거다. 그이가 아까 자기 입으로 말했던 것처럼, 그는 그곳에 가서 굉장히 감동했기 때문에, 그 얘기를 나한테 하고 싶었던 것이다. 어제 그는, 다섯 시간 정도 유태인 박물관을 돌았다. 그래도 대충 지나친 코너가 몇 군데나 있다. 그 정도로 정말이지 방대한 양이 전시되어 있었다. 다섯 시간이 지나 박물관을 나왔을 때 그가 받았던 인상은 굉장히 심오한 것이었고, 굉장히 복잡한 것이었다. 피로도 함께 밀려왔다. 이 느낌을 말로 옮기는 것은 쉽지 않았다. 그는 나에게 그것을 잘 전달할 수 없다고 생각하고 만 것이다. 전화로는 더욱 어려웠다. 그래서 이때 그는 나한테 그 얘기를 꺼낼 수 없었던 것이다. 그리고 이유는 또 있었다. 그에게는 애초부터 단념하려는 마음이 있었다. 이 이야기를 지금 나한테 해봤자, 아마 나에게 제대로 전달이 안 될 것이라고, 지금 그가 하려는 얘기를 내가 잘 이해하지 못할 것이라고 그는 생각했던 것이다. 단념하지 않았더라면, 그는 정말로 자기가 겪은 일을 말로 하려고 하지 않았을까? 그러니까, 복잡한 기분이 들어서 그걸 말로 하기가 어렵다는 것은 진짜일까? 나를 이해시킬 가능성이 희박하니까 말을 꺼내기가 망설여졌다는 식으로 해석할 수 있는 거 아닌가? 싶은 생각도 든다. 상설전시는 이 건물 제일 아래층인 지하 1층으로 내려가서 거기서부터 시작되었는데, 나치의 박해를 당한 유태인들의 각종 유품이 전시되어 있다. 유품이란 예를 들어 결혼반지인데, 그 곁을 지키는 반지 주인의 사진과 그 사람이 살았던 인생이, 결혼반지는 당시 유태인에게 착용이 허락된 몇 안 되는 액세서리 중 하나였다는 설명과 함께 놓여 있다. 그런 유품들을 하나하나 본다. 여기 유품이 전시된 사람들 대부분은 강제수용소에서 삶의 끝을 맞이했다. 이 층의 한쪽 모퉁이에 '홀로코스트 타워'라는 곳이 있다. 입구에는 늘 직원이 서 있는데, 그 사람이 문을 열어주면 안으로 들어가는 식이다. 거기에는 아무런 전시도 없다. 건물 제일 위층까지 뚫린, 결코 넓지 않은 어두컴컴한 빈 공간이다. 이 텅 빈 공간, 제일 높은 곳에 딱 하나 있는 가는 틈으로 빛이 겨우 들어올 뿐이다. 이곳을 찾은 사람들은 저절로 빛이 들어오는 높은 곳을 주로 올려다볼 것이다. 이곳에 와서 해야 할 일은 그것뿐이다. '홀로코스트 타워'를 나온다. 아직 못 본 유품들을 본다. 다 보면, 결코 폭이 넓다고는 할 수 없는 급경사로 된 계단이 위로 쭉 올라가는 곳까지 간다. 계단을 다 오르면, 유태인 민족의 역사를 보여주는 길고 긴 전시가 시작된다. 성전에 적힌 양피지부터 시작해, 천천히 천천히 현대로 온다. 그가 나에게, 최소한 이 정도로, 가능하다면 이것보다 더 자세히, 여기서 생략되어 있을 많은 것들도 되도록 생략하지 말고 얘기해주었더라면, 나도 그이가 경험한 어렴풋한 느낌이나 그가 감동했다고 말한 그 본질적인 것을 다는 아니어도 상당 부분은 알 수 있었을지도 모른다. 그냥 유태인 박물관이라는 단어를 말해봤자, 나는 알 수가 없었다. 유태인 박물관에는 짙은 잿빛으로 된 벽이 있는데 듬성듬성 랜덤으로 꼭 상처처럼 창문이 나 있고, 건물은 거대한 지그재그 모양이라는 것. 그곳의 어두운 힘이랄지, 소리 나지 않는 비극성 같은 것을 그이는 나에게 말해줄 수 없었다. 예전에 자기들이 박해한 민족의 역사와 문화 사료들을 이렇게 방대하게 모아두고, 또 그것을 이렇게나 강렬하게 존재감이 있는 건축물 안에 보관한다는, 이런 프로젝트를 실현시킨 독일이라는 나라의, 뭐랄까, 어마무시하달까? 강제수용소의 벽도 그렇고, 유태인 민족이 받아온 상처와 그들의 역사와 문화가 겪어야 했던 가습 찢기는 원통함까지 모두 상기시키는 외관일 뿐만 아니라, 특히 10년 전에 만든 박물관 신관은 더 그런데, 건물 안을 돌아본다는 체험의 레벨에 있어서도 강한 인상을 남긴다. 건물의 바깥도 안도, 굉장히 모뉴먼트성이 강하다고 해야 되나, 그러니까 이건 말하자면, 굉장히 명확하게 연기하고 있는 것이다. 유태인의 역사를 그 건물이 연기하고 있다. '홀로코스트 타워'도 그렇다. 이와 같은 건축은 결코 과장하려다 실패하는 일 없이, 현재적인 존재감을 가진 것으로서 또 마을의 일부분으로서 자태를 뽐내고 있다는 것. 다시 말해 그것은, 마을이 이 건축물이 행하고 있는 연기를 받아들이고 있다는 점도 의미할 것이라고, 적어도 그에게는 그렇게 보였다는 것. 그 박물관의 스케일 혹은 그 건물이 지니고 있는, 자학사관이라는 단어가 가진 의미보다도 확실히 크다는 느낌을 그가 받았다는 것. iPod 이어폰 가이드에 일본어가 나오더라는 것. 아무튼 어제는 강렬한 체험을 했기 때문에 울컥하고 흥분했는데 아직까지도 조금 그런 게 남아 있을지도 모르겠다고. 그는 나에게 그런 식으로는 말할 수 없었던 거다. 이곳 유태인 박물관을 보고 나니까 도쿄에 있었을 때의 답답했던 기분이 사라져 아주 긍정적으로 바뀐 것 같다고, 그건 생각해보니까 방사능에서 멀어진 덕에 솔직히 안심되는 것보다도, 어쩌면 더 큰 요소가 됐는지도 모르겠다는 것도.

나는 의미 없이 틀어놓았던 텔레비전을 끈다. 집이 넓어지니까 문이 잠겼는지 확인해야 할 곳도 도쿄에 있을 때보다 훨씬 늘었다. 미도리 씨와 밥을 먹기 위해 시영전차의 정거장으로 향한다. 유타카는 우반U-Bahn(독일의 지하철─옮긴이)으로 갈아타고 갤러리로 간다. 갤러리 뒷문 앞에는 자전거가 몇 대 세워져 있다. 건축가 발터의 자전거도, 큐레이터 오트의 것도 있겠지? 오후가 되면 유타카도 자전거를 빌려 다 같이 공연 장소로 쓰일 공원까지 사이클링하기로 했는데, 비가 이렇게 오는 걸 보니 어째 취소될 것 같다.

사무실에서 발터가 자기 플랜을 보여준다. 그가 현시점에서 생각해본 것은, 서른 명 또는 조금 더 많이 잡아서 오십 명 정도의 관객을 수용할 수 있는 극장 사양으로 건물을 세운다는 아이디어였다. 하지만 유타카는 자기가 이 프로젝트에서 어떤 퍼포먼스를 할 것인지 구체적인 방침은 아직 아무것도 정해놓지 않았다. 어쩌면 영상만 쓸지도 모른다. 발터는 실제 사람이 등장하는 퍼포먼스가 아니어도 재미있을 것 같고, 물론 이건 그냥 아이디어이니까 근본적인 부분부터 다시 고민해볼 수 있다고 말했다. 이때 오트가 입을 뗐다. 극장 같은 것을 만드는 아이디어가 좋은지 나쁜지도 물론이거니와, 우선은 이 건물 외관 이미지에 대해 괜찮은지 아닌지 먼저 얘기해서 정해야 할 것 같다고. 그러고 보니 맞는 말이었다. 왜냐하면 지금 발터가 노트북 화면으로 유타카에게 보여주고

　　　　　　　　　　　　　오카다 도시키 단편집

있는 외관 이미지 그림은, 천장이 없고 외벽에 붙인 널빤지가 군데군데 고의로 벗겨져 있어, 극장이라고 하기에도 불완전하고 미완성임에도 일부러 이렇게 고정해놓은 것이었고, 솔직히 딱 보면 천장이 날아가버린 후쿠시마 제1원자력 발전소 건물을 떠올리게 했기 때문이다. 이런 것을 하는 게 좋은 걸까? 어떻게 생각해? 오트가 물었다. 이해를 해줬으면 좋겠는 게, 이 아이디어를 우리 쪽에서 억지로 밀고 나갈 생각은 전혀 없다는 거야, 단순히 제안해본 것뿐이라 이런 민감한 문제를 이런 식으로 다루는 게 내키지 않는다면 하지 말자고 해줘. 게다가 후쿠시마를 전면적으로 다루는 프로젝트가 되면 일본에서 지원금 받기가 어려울 수도 있으니까, 이런 농담도 한다. 유타카는 잠깐 생각을 했는데, 그 시간은 정말로 잠깐이었다. 그리고 이 아이디어가 좋은 것 같다고, 의외라는 생각이 들 정도로 단번에 대답했다. 그리고 이건 진짜로 지금 막 생각이 나서 한 말이었는데, 예를 들어, 이런 거 해보면 재미있겠다고 하는 것이다. 관객이 건물 주변에 모이면 내가 그 앞으로 가서, 만약에 가능하면 내 옆에는 독일어로 통역해주는 사람이 있고, 내가 이렇게 말하는 거야. 여러분 오늘 이곳에 와주셔서 감사합니다, 그런데 여러분, 이 건물을 보면, 그리고 여러분 앞에 서서 지금 이렇게 말하고 있는 제가 일본인이라는 것도 고려한다면, 지금 어떤 생각이 드십니까? 설마, 이것이 후쿠시마의 은유가 아닐까? 이런 생각을 하시지는 않습니까? 뭐, 은유가 아니라 직유일지도 모르겠지만요. 미리 말씀드리겠지만, 이 건물은 제가 지금부터 보여드릴 퍼포먼스를 위해 만든 특설 극장입니다. 그리고 또 말씀드릴 것이 있습니다, 이 건물은 절대로 후쿠시마의 직유도 은유도 아닙니다. 그리고 지금부터 보여드릴 퍼포먼스도, 방사능이나 원자력발전소와는 전혀 관계가 없습니다. 이렇게 말하고 퍼포먼스를 시작하는데, 우주복이나 양봉업자들이 입는 것 같은 어마어마한 의상을 입혀서, 관객이 방호복을 안 떠올리고는 못 배기게 하는 짓궂은 장난을 치자고 말해본다. 오트도 발터도 웃는다. 쓴웃음일지도 모른다. 커피 마시겠냐고, 오트의 여자 조수가 물어본다. 그는 커피를 받는다. 마침 그때 나는 도오리초스지通町筋 정거장에 도착해 시영전차에서 내린다. 전차 안에 있었던 약 15분 동안, 태양은 완전히 저물었다. 음식점까지는 5분도 걸리지 않았다. 가미토오리 아케이드를 빠져나가면 바로인 곳. 미도리 씨는 역시 나보다도 먼저 가게에 와 있었다. 못 본 지 한 달 정도 되었기 때문에, 미도리 씨의 눈에는 그사이 내 배가 꽤 커진 것처럼 보였다. 지난번에 만났을 때는 임신부인게 하나도 티가 안 났는데 이제는 한눈에 알겠네, 하고 미도리 씨가 말했다. 그리고 나의 배를 쓰담쓰담 해준다.

미도리 씨도 iPhone이었기 때문에, 우리는 iPhone 얘기로 이야기꽃을 피웠다. 한참 얘기를 하는데 미도리 씨가, 다미 씨는 왜 iPhone 쓰면서 스카이프는 안 까느냐고 물었다. 남편이 외국 나가서 스카이프로 전화 걸 거 아니냐고. 그렇기는 한데요, 하고 나는 말했다. 유타카가 나에게 iPhone에 스카이프 깔라고 몇 번이나 얘기했는데도 안 깔았다. 그리고 그것은 무슨 특별한 의미가 있어서 안 까는 것이 아니고, 어떻게 까는지를 몰라서도 아니다. 그가 주변 사람들 중에 iPhone 쓰는 사람들에게 스카이프 설치하는 법을 물어보고 굉장히 쉽다는 것도 이미 나에게 말해줬지만 그래도 꿋꿋이 안 깔았다. 통화료가 말도 안 되게 비싼 것도 아니고 오히려 굉장히 싸지는 건데, 그러니까 스카이프끼리는 무조건 무료라 아무리 싼 요금제를 한들 그건 바보 같은 짓이라고, 그는 생각하지 않을 수 없었다. 지당한 말이다. 하지만 이 부분에 대해서 나한테 그 이상으로 뭐라고 하지는 않는다. 몇 번 말했는데도 내가 꿈쩍도 않으니까 더 떠들어봤자 힘만 빠지니까 할 수 없었을 것이다. 말을 할라치면 얼마든지 할 수 있다. 스카이프를 왜 못 깔겠다는 거야? 그거 네가 나한테 스카이프 할 생각이 없다는 거지? 생각이 있으면 알아서 먼저 깔았을 거 아니야? 내 말이 틀려? 그런, 나를 이해 못 하겠다는 기분, 그런 부분을 가지고 날 타박하고 싶어 하는 마음, 부글부글 언짢은 감정, 그리고 그 견딜 수 없는 감정들이 그를 들볶고, 그 괴로움이 절정에 이르렀던 시기도 분명 있었지만, 이미 지난 일이고 지금은 많이 잔잔해졌다. 그렇기 때문에 감정이 홀러가도록 내버려두는 건 그에게 조금도 힘든 일이 아니었다. 그리고 모처럼 안정된 이 감정을 쓸데없이 자극해서, 일부러 또 가슴 졸일 필요는 없다. 게다가 나는 누가 뭐래도 임신부이기 때문에, 거기다가 그는 그런 임신부를 혼자 내버려두고 외국에 나가 있기 때문에, 내 눈치를 보고 또 봐도 모자랄 지경이었다. 고작 스카이프를 안 깐다고 뭐라고 하면 안 된다고, 자숙하자고, 그가 그렇게 스스로 달래는 일은 하나도 어려운 일이 아니었다. 하지만 어쨌든 간에 미도리 씨는, 어? 그럼 내가 지금 깔아줄게, 하더니, 내 손에서 내 iPhone를 가져가 스카이프를 뚝딱 설치해주었다. 정말로 쉬운 일인가보다 싶었다.

이렇게 해서 우리 사이의 문제가 하나 해결되었다는, 그런 이야기다.

★《군조》 2011년 12월

여배우의 혼

女優の魂

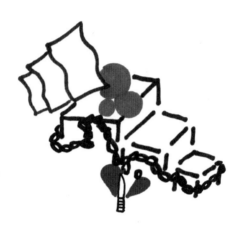

저는 얼마 전까지, 여배우였습니다. 고야마 사다코라는 예명으로 연극배우를 했습니다. 그렇지만 지금은 아닙니다.

제가 여배우를 그만둔 건, 연기하는 건 좋아하지만 애석하게도 배우는 돈이 안 되니까, 서른도 이제 코앞이고 슬슬 그만둘 때가 됐구나, 결혼해서 행복한 가정을 꾸리자는 생각이 들었기 때문입니다, 하면 거짓말이고요. 전 그런 평범한 '행복'관을 가진 사람이 아니거든요. 아니, 행복이 그렇게 생긴 거라고 쳐도 그걸 동경하고 뭐 그러는 게, 저한테는 아무리 노력해도 안 되는 일이더라고요. 오히려 그런 가치관을 동경하는 것 자체를 동경한 적이 있을 정도고, 몇 번이나 저도 그래보려고 도전했는데요, 그런 틀 속에 내 마음을 억지로 끼워 맞춰 만족할 수 있다면 그보다 더 좋을 순 없겠다고 생각한 적도 있는데요…… 그게 절대 안 되더라고요. 흔히들 말하는 업보라는 걸까요?

제가 여배우를 그만둔 이유는, 제가 죽고 말았기 때문입니다. 이렇게 되고 나니, 아무리 저라도 여배우를 그만둘 수밖에 없었습니다. 살아 있었으면, 계속 여배우이고 싶었어요. 도호쿠의 지방도시에서 태어난 제가, 대학에 들어가면서 상경함과 동시에 연극에 꽂혔고, 학교 연극부에서, 관객이라고 해봤자 아는 애들 불러다 하는 연극에 나왔던 게 첫 무대였고, 그때부터 서서히 실력을 키워서, 어디까지나 도쿄의 마니악한 인디펜던트 연극계라는 지극히 좁은 세계에서만 통하는 거였지만, 인지도도 생기기 시작했고, 그리고 드디어 몇 년 전부터 조금씩 정평이 나고 야심도 있는 극작가나 연출가 작품에 출연하게 되었습니다. 재미있어 보이는 연극 오디션을 찾아서 지원하면 보통 30퍼센트 후반대 확률로 성공할 정도가 됐고, 가끔은 먼저 캐스팅 제안이 오기도 했어요. 다 해봤자 누구 코에도 못 붙일 액수지만 출연료를 받게 된 거예요. 티켓 할당량도 다 채웠죠. 사실 공연에 출연하려면 팔아야 되는 티켓수가 정해져 있는 것이 흔한 도쿄 인디펜던트 연극계입니다. 초반에는 저도 그랬는데요, 그때에 비하면 믿기 힘들 정도로 환경이 좋아진 거죠. 그런데 그 좋은 걸 눈앞에 두고 죽게 된 겁니다. 10년 조금 넘는 여배우 인생이었습니다.

저의 죽음은 불시에 찾아왔습니다. 모 연극의 연습 중에 일어난 일입니다. 저는 그 공연에 출연하는 배우 중 한 명이었던, M이라는 여배우한테 살해당했습니다. 저는 M이 그런 짓을 할 사람이라고는 꿈에도 생각하지 못했기 때문에, 너무나 뜻밖이었습니다.

M이 저를 죽인 건 저한테 한이 맺혀서입니다. 왜냐하면, 그 공연 연습 초반에 M은 중요한 역을 맡기로 되어 있었습니다. 그런데 연습기간의 중반에 접어들었을 무렵 M은 그 역에서 잘렸고, 그 역할보다 조금 더 비중이 작은 역을 맡게 된 겁니다. 이유는 명백합니다. M의 실력으로는 그 역을 연기할 수 없다는 판단이 내려진 겁니다. 솔직히 말씀드려서, 그건 지당한 판단이었다고 저는 생각합니다. 저만 그런 게 아니었습니다. 그 현장에 있던 누구나 다, 프로듀서가 그랬는지 연출가가 그랬는지 모르지만, 아무튼 분명히 전부 그 결정에 내심 감탄했을 겁니다. M은 얼굴은 좀 예쁜데요, 어디까지나 '좀' 예쁜 거고, 그것도 스물셋인가 넷인가, 아무튼 현재 M이 가진 젊음이 상당히 발휘되어서 예쁜 거였습니다. 그리고 중요한 연기력, 연기력에 대해서 말하자면, 영 개판이었습니다. M의 경우는 대사를 말하는 거나 동작을 만들어서 보여주는 게, 아무리 봐도 M 스스로의 문제에 머물러 있는 것처럼 느껴졌습니다. 그리고 그런 문제는, 제가 보기에는 배우한테 치명적인 약점이 됩니다.

M에게는 연기력의 치명적 결함을 간신히 커버할 만한 무기, 다시 말해 그 좀 예쁜 외모로 어떻게든 보완하려고 하

는 면이 있었습니다. 물론 M 본인이 "난 예뻐" 그러거나 "난 외모로 밀고 나갈 거야"라는 말을 한 건 아닙니다. M이 그렇게까지 멍청한 건 아니에요. 그렇지만 내심 그렇게 생각하고 있다는 거, 젊음이 상당 부분 차지하는 예쁨에 기대고 있다는 거, 그런 건 행동거지를 보면 다 알기 마련입니다. 그리고 전 누가 뭐래도 10년 넘게 배우를 하고 있으니까, 그런 타입의 사람들이 참혹한 말로를 맞이하는, 뭐 거의 일종의 패턴이라고 할 수 있는데요, 그런 사람들을 수도 없이 봐왔습니다. 그런 눈으로 보자면 음, 짓궂은 얘기일 수 있지만, M 같은 예쁜 애들은, 이미 하나도 예쁜 게 아닌 거 같아요. 여배우는 예쁠 필요 따위 없습니다. 여배우한테 필요한 요소가 뭘까? 답은 그저 강한 여배우일 것, 그것뿐입니다.

아무튼 M이 새로 맡게 된 역은, 질투심이 강하고 히스테릭하게 떽떽거리기만 하면 되는, 이렇게 말해버려도 안 될 것도 없는 역할이었습니다. 이런 역은 사실 쉬운 역입니다. '사실'이란 말을 붙일 필요도 없을지 모르겠지만요. 연기하는 데에 각별한 재미가 있는 것도 아닙니다.

그리고요, 그 역을 처음 받은 건 저였습니다. 그러니까 M이 잘린 자리에 대신 들어갈 여배우로 선택된 것이 바로 저였다는, 이야기가 그렇게 되는 거죠. 역할을 서로 바꾼 거나 마찬가지예요.

이렇게 해서 M은 저한테 역할을 빼앗긴 모양새가 되었는데요, 그래도 제가 한 말씀 드리자면, 제가 그 역을 '빼앗은' 것은 아닙니다. 역이 바뀌었다는 소리는 저한테도 놀랄 일이었단 말이죠. 그런데 M은 그렇게 생각하지 않았겠죠. 그건 뭐, 이해가 갑니다. 그리고 기분도 좋지 않았겠죠. 그래서 저한테 살의를 품고, 실제로 절 죽인 겁니다. 이 부분에 대해서는 차마 이해가 간다고 못 하겠지만.

그래도 어쨌든 저는 실제로 그렇게 살해당할 때까지 M이 설마 그런 식으로 절 생각할 줄은 조금도 몰랐습니다. M은 연습실에서도 매일 굉장히 생글거리는 사람이었고, 다른 배우들도 배려할 줄 아는, 아주 좋은 사람이었습니다. 연출가 말도 잘 들었습니다. 역이 바뀌었단 얘기를 들은 다음에도, 물론 밝은 척 애쓰면서 행동하는 걸 거라고 상상은 했지만, 그 속에 가시가 있는 걸로는 보이지 않았습니다. 그래도 M은 여배우니까, 겉으로 아무렇지 않은 척하는 것 정도는 쉽게 할 수 있었겠죠. 그렇기는 한데, 거기까지 상상하지 못했단 것이 M한테는 그 정도 연기력도 없다고, 제가 그애를 얕잡아 보고 있었다는 걸 의미한다면, 엄청 실례되는 말이 되네요. 아하하.

배역이 변경되었다고 M한테 통보되던 주, 다음 날은 쉬는 날이었던 그날의 연습이 끝난 다음에 있었던 일입니다. 그런 날에는 꼭 연습실 분위기상 술 한잔을 하러 가게 되는데요. 당연히 그날은 M한테 같이 가자고 은근히 적극적으로 말을 건네는 분위기가 되었습니다. 그런데 M은 죄송해요, 저 오늘 친구랑 같이 밥 먹기로 해서요, 하며 얌전하게 거절하고는 미안해하며 연습실을 나갔습니다.

저는 그 술자리에 갔습니다. 전 술 마시는 걸 아주 좋아하거든요. 아무래도 그 자리에서 주된 얘깃거리는 M에 대한 것이었습니다. M이 거기에 있었다면 그렇게는 안 되었겠죠. 술기운이 오른 한 선배 남자 배우가, "일이 이렇게 돼서 너 좀 그렇지 않아? 뒤가 켕기는 느낌 같은 거 안 들어?" 하면서 생트집을 잡았는데, 저는 "아니요, 별로" 하고 대꾸해줬습니다. 이건 일부러 센 척하려고 한 말이 아닙니다. 전 정말 그런 기분 전혀 안 느꼈거든요. 저는 여배우니까요.

도쿄에서 술을 마시면 막차 시각쯤에 다들 일어서게 됩니다. 저는 적당히 만취한 상태였고, 우리 집이 있는 역까지 전철에 몸을 맡겼습니다. 역에서 내려 아파트에 도착할 때까지 담배를 피우고 밤바람을 만끽하며 기분이 좋아졌습니다. 그리고, 실은 이때 M이 절 미행했었는데요, 저는 전혀 눈치채지 못했습니다. M은 제가 어디 사는지는 몰랐지만 어느 역에서 내리는지는 알았기 때문에, 역에서 몰래 기다리고 있었던 겁니다. 개찰구에서 지상으로 내려오는 계단이 두 개 있었고, 그중 한 쪽으로 내려오면 새벽 1시까지 하는 모스 버거가 있었는데, M은 그 가게의 창가 자리에서 저를 기다리고 있었던 겁니다. 제가 다니는 길이 다른 쪽 계단이었다면 전, 적어도 그날 죽지는 않았겠죠. 아파트로 가는 길, 저는 편의점에 들러서 하겐다즈 아이스크림을 샀습니다. 그동안 M은 편의점에 들어오지는 않고, 조금 떨어진 곳에서 제가 나오길 기다렸습니다.

아파트 1층에 있는 우편함을 열어서 그 안에 들어 있는 광고 전단지며 아는 배우들이 보낸 공연 안내 엽서들을 꺼내고 있는 동안, M은 스르륵 저한테 다가와 제 이름을 불렀습니다. 저는 뒤를 돌아봤고, 그때 처음 M이 있다는 사실을 깨달았습니다.

"어, M 씨." 제가 말했습니다.

"고야마 언니." M이 말했습니다. "연기 때문에, 의논드리고 싶은 게 있어서요."

"뭔데? 내가 도움이 될지 모르겠지만, 의논해줄게." 이런 데까지 쫓아와서 연기 상담이라니, 그것이 이상하다는 생각이 안 들 정도로, 저는 취해 있었나 봅니다.

M이 말했습니다. "있잖아요, 언니. 저 감정표현을 섬세하게 할 줄 아는 사람이 되고 싶어요. 지금 저한테 그게 부족한 거 같아요. 어떻게 하면 언니처럼 감정을 세세하게 표현할 수 있게 돼요?"

으윅, 하고 저는 속으로 M을 향해 괴상한 표정을 짓고 싶었습니다. 진심으로 그런 고민을 하니까 네가 안 되는 거야.

그렇지만 전, 이렇게 정성을 다해 대답해주었습니다.

"사실 내가 하는 방식은, 거의 정 반대야. 난 감정을 세세하게 표현해야겠다는 생각은 안 해. 오히려 일부러 건조하게 하려고 할 정도야. 내 생각에 중요한 건, 감정의 주름을 얼마만큼 촘촘하게 만들어서 그걸 적확하게 묘사하는가가 아니야. 마음만 먹으면 얼마든지 촘촘하게 만들 수 있는 그걸, 어느 정도까지 하다가 딱 멈추는 거야. 그리고 그 건조함을 스스로 떠안는 거지. 맞아, 떠안는 거야. 그게 중요한 거 같아. 안 그러면, 혹시 죽어라고 노력했는데 거북이도 따라잡지 못한 아킬레스 얘기 알아? 그 꼴 나는 거거든. 그거, 우스꽝스러운 얘기잖아? 그런 연기는 고지식하고 기특하다 싶어도, 그건 절대 강한 연기가 아니야. 연기는 강해야 돼. 그리고 그 강함이란 결국, 내가 떠안는 거부터 시작된다고 생각해." 참고로, 이건 진짜로 그때 그냥 입에서 나오는 대로 한 소리예요. 그런 것 치고는 괜찮은 얘기를 해준 거 같지만요.

"정말 많이 참고가 됐어요." M이 말했습니다. "정말 고마워요."

"천만에." 저는 이때쯤 되어서 뭔가 묘한 기색이 내 주위를 감싸고 있다는 것을, 늦게나마 깨달았습니다.

"저기, 언니." 하고 M은 뭔가 골똘히 생각에 빠진 표정을 지으면서 이렇게 말했습니다. "미안해요."

"어? 뭐가?" 상황을 파악하지 못했던 저는 물었습니다.

"근데, 이렇게 안 하면 못 살겠어요." M이 이렇게 말을

오카다 도시키 단편집

하더니, 내가 멍하니 있던 그 몇 초를 마치 가늠하고 있었던 것처럼, 재빠르게, 이때 이미 양손에 들려 있던 가는 비닐 소재의, 종이 쓰레기 같은 걸 한 뭉치로 묶을 때 쓰는 테이프를 몇 개 둘둘 모아놓은 것을, 제 목에 휘감았습니다. 저는 테이프가 콱 하고 제 목을 조르는, 그 고통을 느꼈던 몇 초간, 어쩌면 이건 고통스러운 동시에 기분 좋아지는 것 같기도 하다는, 말도 안 되는 생각을 하면서 있었습니다. 아, M은 날 죽이고 싶었구나. 나한테 나쁜 감정을 가지고 있었던 것도 알아차리지 못했다니, 내가 참 무사태평하고 둔하고 사람 마음 못 읽는 사람이었구나, 하는 생각도 했습니다. 저는 그렇게 큰 고통 없이 죽었습니다. M이 저를 능숙하게 죽인 건, 미리 충분히 연습한 덕일까요, 아니면 우연이었을까요? 아, 그리고 제가 먹으려고 했던 하겐다즈 마카다미아 맛 아이스크림, 그건 어떻게 되었을까요? 우편함 아래 편의점 비닐봉지 안에서 허무하게 녹아버렸을까요? 어쩌면 M이 먹었으려나, 설마. 뭐, 그런 작은 문제는 됐고요.

그건 그렇다 쳐도, 3주 조금 더 있으면 공연이 올라갔을 텐데, 그런 때에 죽은 것은 너무 억울합니다. 누가 뭐래도 여배우한테 공연 무대에 서는 일보다 더한 기쁨은 없으니까요. 제가 죽은 건, 첫 런스루(중간에 끊지 않고 실제 공연처럼 처음부터 끝까지 하는 연습-옮긴이)를 일주일 앞둔 때였습니다. 제가 빠진 자리는 어떻게 됐을까요? 뭐, 어떻게든 했겠죠. 공연이 취소될 리는 없으니까요. 대역으로 누구든 올 수 있죠. 대사 외우고, 동선 맞춰보고, 그대로만 잘 마치면 그걸로 "어떻게 올라갔네." 하게 되죠. 연극이란 그런 거예요. 그러니까 대타는 쉽게 찾을 수 있답니다. 확실히 하기 위해 말씀드리자면, 이건 제 의견이 아닙니다. 제 생각을 물어보신다면, 배우라는 일은 그렇게 대충 할 수 있는 게 절대로 아닙니다. 그렇지만 일반적으로 연극 하면 그런 거라고 생각들을 하시죠. 그러니까 어떤 의미로는, 그 정도로 하면 되는 거 아닌가 싶을 수도 있습니다. 사람들이 연극에 대해 어떻게 생각하고 있는가? 하는 문제는, 굉장히 중요한 거니까요. 그걸 무시할 수는 없습니다. 연극은, 일반 사람들을 대상으로 하는 거니까요.

바꿔 말하면 제가 여배우로 산 10년 조금 넘는 시간은, 그런 생각들에 맞서는 갈등의 연속이기도 했다고 할 수 있을 것 같네요. 아니, 이건 조금 오버인 것 같아요. 하지만, 어찌되었든 그 갈등으로부터 전 해방된 거네요.

아아. 죽어서 육신을 잃었다는 것은, 이젠 더 연기할 수 없다는, 퍼포먼스를 할 수 없다는 뜻입니다. 무대 위에서 내 몸을 마음껏 놓는 것, 그리고 그걸 관객에게 보여주는 것. 결국 퍼포먼스란, 그냥 그거니까요. 그렇지만 몸이 없어져버렸으니까, 그 일조차 저는 할 수 없게 되었습니다.

굉장히 잘했던 퍼포먼스의 기억도, 몸이 없어짐과 동시

에 잃어버리고 말았습니다. 왜냐하면 그런 기억은 몸만 기억하는 거니까요. 아~ 오늘 밤 관객들 너무 좋았어~. 집중해서 잘 봐줬고, 우리도 우리대로 거기에 답해주는 느낌이었어, 이런 생각이 들게 만드는 극장에서 틀림없이 형성되었던, 금속으로 된 선에 열이 통하면서 바직바직 소리가 나는 것 같은 느낌의 그 긴장감은, 정말이지 뭐라 말로는 할 수 없는 것입니다.

제가 어떤 대사를 말하는 걸로, 그리고 예를 들어 팔을 들어 올리는 것 같은 행동을 하는 걸로 그런 긴장감이 만들어지다니, 그건 기적이라고 생각해요. 어떻게 움직이든 상관없어요. 손바닥을 천천히 펼치면, 손목부터 길게 뻗어가는 손가락뼈가 손등의 표면에 떠오르죠. 그냥 그걸로 괜찮은 거예요. 뭐든 다 돼요. 뭐든 다 된다는 게 굉장히 중요해서, 그래서 움직임을 넣는 거예요. 대사를 말하는 것도 똑같아요. 정해진 대사를 매번 말해요. 난 왜 이 정해진 대사를 하는 거지? 왜, 팔을 올리거나 그런 움직임들을 하고 있는 거지? 거기에 의미나 동기 같은 건 필요 없어요. 그건 실제로 무대 위에서보면 비교적 금방 알 수 있는 거예요. 왜 여기서 팔을 올려야하는지 그 의미를 모르겠다, 이런 말을 하는, 이런 걸로 고민하는 사람은 솔직히 말해서 참 둔한 사람이라고 생각해요. 무대 위에서 하는 행위가 관객한테 불러일으키는 효과가 눈에 안 보이는 거죠. 느낄 줄도 모르는 거고. 그러니까 그런 말을 하겠죠. 제 행동이 공간을 눈앞에다 이렇게, 이렇게나 변화시킬 수 있는데! 조금 더 정확하게 말하면, 관객한테 공간이라는 것을 부잉 하고 비틀어주기도 하고, 꾹꾹 수축시키기도 하는데! 이런 효과를 주는 것 이상으로 도대체 어떤 근거가, 구체적인 퍼포먼스에 필요할까요? 심각하게 동기를 찾아 헤매는 건, 아마도 고민해야 할 대상을 완전히 착각하는 거라고 생각합니다.

뭐, 여러 사고방식이 있는 게 좋은 거겠지만요.

그렇지만 움직임에 무슨 의미가 있느냐고 하면, 그건 또 그거대로 재미가 없어요. 틀리는 거, 아파하는 거라면 뭐든 저지르지 않고 보는 건, 오히려 볼 가치가 없기도 하니까요. 그러니까 퍼포먼스는 실패해도 괜찮은 거예요. 배우가 무대 위에서 하는 건, 솔직히 되게 간단해요. 무대 위에서 뭐라고 말하고 어떻게 움직이고 그러는 게 다니까요. 그런 거 누구나 다 하잖아요.

그런데요. 어려운 건, 퍼포먼스에는 성패라는 게 있거든요. 이 성패를 문제 삼는 순간, 퍼포먼스는 굉장히 혹독한 것이 됩니다. 단, 성패를 문제 삼지 않고 퍼포먼스를 해도, 혹은 봐도 전혀 문제없습니다. 성패는 신경 안 쓴다고 마음먹으면 비교적 쉽게 신경 써지지 않는 것이, 퍼포먼스가 가진 장점이죠.

하지만 우리 배우들은 굳이 필사적으로 퍼포먼스의 성

패를 문제 삼습니다. 이 세상 대부분의 사람들한테는 흠이 안 될 일에 진지하게 잣대를 들이대곤 하는 겁니다. 적어도 전 그래왔습니다. 죽어라고 성패에 매달리고, 그랬는데도 실패하는 건 괜찮아요. 달리 말하면 어떤 의미에서는, 실패란 있을 수 없습니다.

그런데 제 생각에는, 퍼포먼스의 성패를 가르는 데에는 아주 분명한 기준이 있습니다. 어쩌면 수많은 기준이 있다고들 생각하실지 모르겠지만, 전 그렇게 생각 안 해요.

만약에 배우가, 무대 위에서 뭔가 말을 하고 움직이고 있을 때, 그 말투나 움직이는 스타일 자체를 보고 이렇다 저렇다, 혹은 이건 아니다 저건 아니다, 하고 투덜댔다면, 그 퍼포먼스는 볼 것도 없이 '실패'입니다. 그건 배우가 자기 퍼포먼스를 소유해서 붙들고 있었단 거니까요. 관객한테 전하려고 하질 않은 거잖아요. M이 하는 연기가 전형적으로 그런 연기였어요.

그렇지 않고, 자기가 한 말이 어떤 효과를 냈는지, 아니면 자기가 보여준 움직임이 어떤 효과를 냈는지, 그걸 가지고 궁시렁거릴 수 있다면, 그건 분명히 좋은 퍼포먼스입니다. 그렇게 수행된 퍼포먼스는 공간을 변화시키고, 잘하면 시간에 신축성을 부여할 수도 있게 돼요. 적어도 그럴 가능성을 갖는 거죠.

그리고 이런 절대적인 성패의 기준에 근거한 성공으로

내가 한 퍼포먼스를 이끄는 것. 실제로 성공으로 이끌어 보여주는 건 굉장히 어렵습니다. 아무나 할 수 있는 게 아니에요. 배우나 댄서, 그런 사람이 아니면 못하는 거예요. 요행으로 해내는 건 아마추어도 가능하죠. 볼링에서 스트라이크 치는 거, 누구나 한 게임에 한 번 정도는 하잖아요? 그거랑 똑같아요. 배우는, 댄서는, 그걸 더 높은 확률로 해야 합니다. 저는 제가 그걸 해냈다는 사실에 자부심을 느낍니다.

그런데 그런 자부심을 내보이는 것도 좀 부끄러운 일입니다. 그래서 전 저를 여배우, 여배우, 하면서 절 여배우라고 칭했던 겁니다. 고야마 씨는 자존심만 센 사람이라는 소리를 듣는 게, 저 사람은 진지한 아티스트라는 소리를 듣는 것보다 훨씬 마음이 편하니까요.

최근에 관객이 저를 본다는 게 짜릿하고 너무 좋다는 속물적인 감각이, 오히려 아주 중요한 거란 생각을 하게 됐습니다. 그리고 그 감각의 끝에는 분명 뭔가가 있을 것 같은 느낌이 들었습니다. 하지만 그게 뭔지 탐구하는 것도, 이제 다 끝났습니다. 그래 어쨌든, 수고했어.

그건 그렇고, 서투르게 사후 세계를 방황하고 있던 저는, 어느덧 사람들이 은근히 한 방향을 향해 걷고 있는 것 같은 기분이 들어서 따라가보았습니다. 잠시 후 "신규등록하실 분은 이쪽입니다" 하고 모두에게 말을 거는 사람이 보였습니

　　　　　　　　　　　　오카다 도시키 단편집

다. 다 같이 조금씩 조금씩 무슨 구청 같기도 하고 세무서 같기도 한, 재미라고는 없어 보이는 건물 안으로 들어갔습니다. '각종 등록'이라는 안내판이 나와 있는데, 아무래도 그 창구 앞에 줄을 서야 되는 모양이었습니다.

그 줄에 얌전히 서서 기다리고 있었더니, 젊은 남자애가 말을 걸어왔습니다. 선이 가는, 딱 보기에 성격이 신경질적일 것 같은 청년이었습니다. 복장은 한눈에 알 수 있게 럭셔리한 스타일입니다. 강렬한 색채의 폴 스미스 셔츠를 입고 있더라고요.

"저 그쪽 만난 적 있어요." 하고 그 남자가 말했습니다. "전 와카야마라고 합니다."

"제가 나오는 연극을 보신 건가요?" 저는 물었습니다.

"아, 연극이 아니라요, 제가 다니는 대학으로 데생 모델 하러 오셨을 때 봤어요." 하고 와카야마는 말했습니다. 그 얘기를 듣고 기억이 났습니다. 그 얼굴도 본 적이 있는 것 같았습니다. 와카야마가 말한 건, 제가 아르바이트로 미술 모델을 했을 때 얘기입니다. 전 미술 관련 모임이나 미대 같은 데로 출장을 가서, 크로키나 데생을 위한 누드모델을 했습니다.

제가 도쿄에 있는 모 미술대학의 이름을 말하자, "맞아요, 거기 맞아요." 하고 와카야마가 대답했습니다.

저는 무의식적으로 "그 대학 진짜 심했어~" 하고, 마음속에서 우러나오는 말을 내뱉었습니다. 절로 쓴웃음이 나왔습니다. 아니 정말로, 그 학교는 모델들 사이에서도 굉장히 소문이 안 좋은 데였습니다. 모델에 대한 배려가 하나도 없는 곳이에요. 포즈 취할 때 쓰는, 바닥에 깔아놓은 카펫에 진드기가 있지를 않나, 데생 실습시간에 강사가 교실을 비우질 않나, 학생들은 긴장감이라곤 없어요.

택배기사가 택배 짐을 들고 교실 안을 불쑥불쑥 들어오는, 말도 안 되는 일도 몇 번 있었습니다. 드르륵, 하고 미닫이문을 열면서 "실례합니다. ○○택배입니다~" 하고 들어오면 곧바로 교실 안 특유의 분위기를 느끼게 되는데요, 그러면 "아, 죄송합니다~" 하고는 바로 나가는 겁니다. 모델들 사이에서는 그거 다 알고 오는 거 아니냐는 얘기가 정설로 되어 있었습니다. 그리고 여배우인 제 눈으로 봤을 때도 그건 틀림없이 알고 하는 짓이었습니다. 택배기사들이 은연중에 펼치는 작은 연극, 그걸 보고 있자니 너무나도 아마추어 냄새가 나서 제 눈에 안 들킬 수가 없습니다. 깜빡하고 실수한 것처럼 들어가면 여자 알몸을 볼 수 있다는 정보가 그 업계 사람들한테 퍼진 거겠죠. 툭 하면 교실 안에 강사도 없다는, 아마 그런 정보까지 다 퍼졌을 거예요. "솔직히 그 대학 정말 거지 같았어." 하고 저는 말했습니다. "나 진지하게 물어보고 싶은데, 그쪽은 거기서 뭘 배우긴 했다고 느껴요?"

"음, 배운 게 아~무것도 없다고까지는 못 하겠는데요" 하고 그는 말했습니다. "그런데 부모님이 내주신 비싼 등록금

만큼 뭘 얻었냐 하면, 아무것도 얻지 않은 건 아니지만, 거기에 못 미친다고 느끼죠."

"기본적으로 의지가 없었어, 거기 학생들은." 저도 그 남자애가 그 한심함을 인정했다는 사실에 편승해서, 여기서 약간 욕지거리를 했습니다. "벗은 보람이 없다, 진짜 여기. 나 이러면서 했어요, 정말."

"그러셨어요? 그런데, 음, 그렇네요." 하고 살짝 풀이 죽은 와카야마.

"여기 있는 놈들 중에서는 한 명도 제대로 된 예술가가 나오긴 글렀다고 속으로 생각하면서 했어요." 하고 말하는 나.

"음, 그렇게 말씀하셔도 할 말이 없는 분위기였죠, 분명히." 하고 대꾸하는 와카야마. "실제로 동기들도 그렇고 그 전후로도 아무도, 딱히 이름 댈 만한 사람은 안 나왔으니까요."

와카야마가 점점 기가 죽어가는 것이 저는 살짝 재미있어서, 그게 제 본성인지 잘 모르겠지만, 어쩐지 새디스틱한 기운이 나와버리고 말았습니다.

"내가 너희들보다 훨씬 예술가다, 난 여배우라는 아티스트다, 그러면서 내 알몸 보여준 거예요." 하고 내가 말하자, "아무튼 여러 가지로 그때는 죄송했습니다." 하고 말하는 와카야마. "근데 정말 심했었죠. 휴대폰으로 사진 찍는 애까지 있었고."

"그러고 보니 그런 일도 있었네. 나도 한 번 당한 적 있어!" 저는 그 소리를 듣고 기억이 되살아나서, 그 덕에 이제 와서 엄청 열이 받기 시작했습니다. "그건 진짜 말도 안 되지. 아니 사람이 할 짓이야? 뭐, 난 내 눈앞에서 바로 데이터 지우게 했지만."

"그랬었죠. 근데 저 그때, 아, 이 모델분 멋있다, 그랬어요."

"멋있기는. 그런 사진이 어디 돌기라도 해봐, 싫잖아. 내 몸은 내가 지켜야지, 그냥 그거야. 안 그럼 아무도 안 지켜주니까. 사회 나가면 다 그렇고 그런 거 아니야?"

"아, 그런 거예요?"

"아니, 와카야마 씨는 졸업하고 뭐 했어?"

"음, 그냥 똑같죠. 일단 대학원까지 갔고요. 수료하고, 그 다음은 뭐 아르바이트하면서 깨작깨작 제작도 계속 하고, 뭐 그랬죠."

"왜 죽었어?"

"음~ 그게요, 자살했어요." 하고 말하는 와카야마.

"자살했구나. 대단하다."

"대단한 건지는 잘 모르겠는데. 고야마 씨는요?"

"난 타살이야."

"그게 훨씬 더 대단한 거 아니에요?"

"내 얘긴 됐어. 근데 왜 자살한 거야?"

"음, 특별한 건 없었어요, 절망해서죠."

"왜? 자기 재능 때문에?"

"음~ 글쎄요. 그 이전의 문제일지도 모르겠어요. 예술가란 도대체 뭘까, 하는 생각에 빠져서요."

"예술가란 뭘까라니?"

"예술가란 의미 없는 존재다, 싶어서요."

"의미가 없다니? 사회에 도움이 안 된다는 말이야?"

"음, 그런 점에서도 의미 없다고 할 수 있겠네요."

"흐음."

여기서 우리의 대화는 조금 막히고 말았습니다.

"그렇다고 죽을 거까진 없잖아, 예술가만 관두면 되는 거 아니야?" 저는 다시 와카야마를 마주했습니다.

"아뇨, 그건 그런데 근본적으로 불가능해요."

"어? 왜?"

"저는 딱히 예술가라고 할 수 없었으니까요."

"너 예술가 아니야?"

"그렇죠, 그걸로 먹고 산 것도 아니고."

"그걸로 먹고 사느냐 아니냐는 상관없어. 예술가는 예술가지. 그러면 안 돼?"

"음~ 그런 식으로 생각하는 거, 톡 까놓고 말해서 힘들지 않아요? 그런 사고방식에는 굉장히 공감하긴 하는데요."

"나도 여배우로 밥 못 먹었지만, 난 나 여배우라고 하고 다녔어. 미대 다니는 모델이라고는 생각 안 했어."

"그래도 인정을 받으셨으니까요."

"쪼~옵은 세계에서."

"아니, 그래도요, 인정받으셨잖아요? 전 그 점이 저~언혀 다르거든요."

"그, 그래?"

"뭐 그건 그렇고요, 지금 제가 말하려고 했던 건요, 전 예술가가 아니니까, 예술가를 관둘 수도 없었다는 거예요."

"뭐야, 그게."

"아니, 진짜로요."

"예술가가 아니었으면, 예술가란 의미 없는 존재니 뭐니로 고민할 필요 없잖아."

"그런데 예술가가 되고 싶잖아요."

"뭐야, 어느 쪽이야!"

"그러니까요 양쪽 다라니까요. 예술가가 되고 싶은데, 예술가가 된다 쳐도 예술가는 의미가 없는 존재고, 그런데 전 예술가가 되는 것조차 못하고 있고. 이런 식으로 이중 삼중으로 고민이 불어났어요."

"어, 그래. 응? 그게 이중 삼중이야? 뭐, 그건 됐고."

"근데 제가 나빴네요. 알몸까지 보여주신 분한테, 이런 얘기나 하고, 죄송하단 생각이 자꾸 들어요."

"그럴 거 없어. 내가 연극배우였던 거, 알고 있었어?"

"아, 언제지? 실습 끝나고 나서 잠깐 얘기하신 적 있어요, 그때 들었어요, 원래는 여배우라고. 와~ 그렇구나, 누가 그랬었잖아요."

"나, 와카야마 씨한테 공연 전단지 같은 거 준 적 있었나?"

"받은 적 있어요. 근데, 죄송해요, 보러 간 적은 없어요."

"그건 됐어. 솔직히 다른 장르에 대한 왕성한 호기심이 있을 것 같은, 가망 있어 보이는 학생은 없어보였으니까."

"우와~ 또 독설을 하시네요. 근데 이건 꾹 참고, 감수할 게요."

"나 진심이야, 의지도 없지, 호기심도 없지, 재능도 없지. 거기서 벗은 나만 손해지."

"아까 그건 됐다고 하지 않으셨어요?"

"물어내!"

"네? 뭘요? 알몸 본 경험을 물어내란 소리예요?"

"농담이야."

"근데 개런티는 당연히 받으셨죠?"

"당연하지. 지금 그런 걸 물어내라고 한 거 아니야."

"그건 알아요."

"나는, 이래 봬도 이 세상을 위해서 모델을 한다는 의식을 갖고 했거든. 젊고 유망한 학생들이 데생 공부를 잘해서, 훌륭한 예술가가 되길 바라는 마음으로 했다고. 진짜로!"

"네, 알아요. 근데 변명 같지만, 이건 믿어주셨으면 좋겠는데요, 전 고야마 씨가 나오는 연극 보러 가려고 생각은 했었어요."

"진짜?"

"진짜예요!"

"이제 와서 무슨 말을 못 해."

"아니에요, 그런 거 아니에요. 진짜로 가려고 했었다니까요."

"그럼, 왜 안 보러왔어?"

"그게~ 왜 안 갔을까요? 근데 연극은 막 일부러 극장까지 가야 되잖아요? 사실 그게 귀찮은 면이 좀 있죠."

"그렇게 말하면, 미술 전시도 갤러리에 가야 되잖아."

"그래도 전시회는 기간도 길고 시간도 정해져 있지 않잖아요."

"그런 건 익숙하고 말고의 문제야. 그러니까 자기는 연극을 보러 다니는 습관이 없었던 거 아니야?"

"없었죠, 근데 보통, 사람들 연극 같은 거 잘 안 보잖아요."

"미술 전시도 보통 사람들 잘 안 보러 가."

"그래요?"

"그럼."

"연극보다는 보지 않을까요, 일반적으로?"

"아니라니까."

"그래도~ 제가 보기엔 그런 인상이 있는데."

"그건 자기 주변에 있는 사람들은 보러 다니겠지만, 다 그런 건 아니잖아?"

"아, 제 주변 사람들은 거의 미대 나온 사람들이니까 특정 취미를 가진 인종들이다, 그런 말 하려고 하신 거죠?"

"맞아."

"뭐, 그럴지도 모르겠네요. 그쪽 사람들 말고 다른 인간관계는 별로 없었으니까."

"'고야마 씨 공연 보러가려고 했었어요'라니, 그건 의미 없어. 실제로 보러 갔느냐 안 갔느냐가 문제야."

"음, 그렇죠. 대학교 때 선생님도 호기심을 넓게 가지란 소리 하셨어요."

"그랬겠지. 근데 선생님 말씀 안 들은 거네."

"그래도요, 고야마 씨도 모델 하시면서, 이번에 개인전 한다고, 아니면 그룹전 한다고 보러 오라는 소리 들은 적 있죠?"

"뭐, 가끔은."

"그거 보러 간 적 있어요?"

"없어. 그건 재미 하나도 없어 보이잖아."

"그럴 줄 알았어. 그거요, 지금 저한테 뭐라고 막 그래놓고 결국 저랑 똑같은 거 아니에요?"

"음, 그렇게 되네."

이때 우리가 서 있던 줄은 드디어 줄어들어, 꽤 앞부분까지 진전이 있었습니다. 창구 바로 앞까지 온 겁니다. 곧 "안녕하세요. 이쪽으로 오세요" 하고 창구 담당자가 말했습니다. 저는 창구 앞으로 다가갔습니다.

"같이 오셨으면, 두 분 같이 오세요." 담당자는 와카야마에게 말을 건넸습니다. 와카야마는 제 옆에 섰습니다.

"두 분은 부부신가요?"

"아니요, 같이 오긴 했는데 그냥 아는 사이예요."

"그럼, 현세에서는 그랬는데 다음 생에서는 같이, 뭐 그런 거예요?"

"아니요, 그런 것도 아닌데요."

"네?" 담당자는 고개를 살짝 갸우뚱했습니다. 잘 이해가 안 되는 모양이네요. 하긴, 그렇겠지요.

"괜히 복잡할 것 같으면, 따로 할게요." 하고 제가 말했습니다.

"아니에요, 복잡할 건 없어요. 그러니까 파고들 필요는 없다는 말씀이시죠." 담당자는 그렇게 말하더니, 이번에는 입꼬리를 올려 소리 없이 미소를 지었습니다.

오해를 풀어야 할 이유도 딱히 없기 때문에, 그냥 넘어갔습니다.

그런데 정말 긴 줄이었습니다. 한 번은 제가 참여한 연극이 미국에서 공연한 적이 있었는데요. 그때 출발 전에 대사관에 가서 비자 신청수속을 한 적이 있습니다. 그때도 굉장히 줄이 길었는데, 그때가 떠오를 만큼 긴 줄이었습니다. 아무래도 여기선, 기본적인 개인정보를 등록하는 수속을 밟는 것 같습니다. 우린 아무것도 모르는 상태로 줄을 섰기 때문에, 소정의 용지에 뭔가를 기입해야한다는 걸 몰랐습니다. 담당자가 지금 그걸 우리한테 주더니, 이 자리에서 쓰라고 했습니다. 이름, 생년월일, 사망일, 사인死因을 시작으로 하는 항목들 중에, 직업란이 있었습니다.

"와카야마, 가슴 딱 펴고 예술가라고 써." 하고 저는 말했습니다.

"그건 됐고요, 여기 보세요." 하고 와카야마는 말했습니다.

"직업란 다음에 '본 직업 유지를 희망한다/ 안 한다' 이거 웃기지 않아요?"

"어, 진짜. 이거 뭐야? 그럼 나 희망한다고 하면 계속 여배우 할 수 있는 거예요?"

"네, 그럼요." 담당자가 말했습니다.

"그럼 난 '희망한다'." 하고 저는 '희망한다'에 동그라미를 그려 넣었습니다. 죽으면 육체가 사라지고, 그래서 더는 여배우일 수 없다, 왜냐하면 여배우란 직업은 육체노동이니까, 하는 논리적인 굳은 믿음을 가지고 있던 저였지만, 아무래도 그게 아니었던 모양입니다. 아무튼 너무 좋아요! 계속 여배우일 수 있으니까요!

"근데 와카야마는?" 하고 저는, 옆에서 등을 구부리고 빈 칸을 채우고 있는 와카야마를 봅니다.

"전, '희망 안 한다'로 하려고요. 만에 하나 여기서 또 자살하게 되면, 골치 아파질 것 같아서요."

"그럼, 새로 취직을 희망하실 경우에는 직업 안내소가 있으니까 언제든 필요하실 때 이용해주세요." 하고 창구 너머로 담당자가 말했습니다.

"네. 직업을 뭘로 할지, 좀 더 생각해보고 올게요." 하고 말하는 와카야마.

"주제 넘는 이야기일지도 모르겠지만." 하고, 담당자가 말했습니다.

"공무원도 나쁘지 않아요."

"공무원요?"

"네." 하고 담당자가 말했습니다. "정시에 끝나니까, 자유시간이 비교적 많거든요. 그 시간에 하고 싶은 걸 하는 것도 좋은 것 같아요."

"그렇겠네요." 하고 말한 뒤, 와카야마는 잠깐 생각에 잠기더니, "저기요, 죄송한데, 질문이 있는데요."

"뭔데요?" 담당자가 밝은 얼굴로 묻네요.

"인종 같은 거 바꿀 수 있어요?"

"인종이요?"

"네. 예술가 계속하는 걸로 하고, 인종을 일본인 말고 다

오카다 도시키 단편집

른 걸로 바꿀 수 있으면 좋을 거 같아서요."

"네? 왜요?"

"일본이 아닌 걸로, 예를 들어 구미歐美 지역이나 중동이나 아프리카나 인도나 중국이나, 아무튼 일본인이 아니라면 어느 나라든 좋겠다 싶어서요. 그럼 예술가가 되는 것도 의미가 있을지 모르겠어서. 아니, 그냥 든 생각이에요."

"음, 그런데 그 부분은 변경이 좀 어려우세요."

"그래요? 그럼 그냥 '희망 안 한다'로 할게요. 자요."

★《미술수첩美術手帖》 2012년 2월

쇼핑몰에서 보내지 못한 휴일
ショッピングモールで過ごせなかった休日

일요일에 있었던 일이다. 막 일어나 판단능력이 흐릴 때, 아파트 초인종이 느닷없이 띵동 하고 울려서 엉겁결에 현관까지 총총 걸어가 바로 문을 열고 말았다.

눈앞에 서 있는 사람은 키가 작고 얼굴이 창백한 낯선 남자였고, 딱 보기에 나이는 스물다섯 정도 됐을까 싶었는데, 나는 이 예측을 단 몇 초 만에 뒤집고, 어쩌면 이 사람 실은 거의 서른 살 가까이 먹었을지도 모르겠다, 어쩌면 벌써 삼십 대인데 원래 자기 나이보다 훨씬 젊어 보이는, 뭐 그런 은근히 흔한 타입이 분명하다는 식으로 판단하게 되었다.

그는 세상에 이렇게 쉽게 문을 열 줄이야, 하며 당황한 기색이 역력했지만, 당황하면 안 된다고 마음을 고쳐먹었는지 황급히 그리고 단호하게, 그 순간까지 짓고 있던 표정을 단숨에 정리하더니, 그러고 나서 갑자기 딱딱한 분위기를 조성하며 '쉬시는데 이른 아침부터 대단히 실례가 많습니다. 저는 후지와라 겐토라고 합니다. 시간을 좀 내어주실 수 있습니까?' 하고, 예상 외의 고음에 또랑또랑한 목소리로 말하더니, 꾸벅 나에게 인사했다. 이른 아침, 이라고 말은 했지만 벌써 11시를 지났다. 그런데 아마 졸음이 흠뻑 배어 있는 내 얼굴을 코앞에 두고, 이럴 땐 그렇게 말하는 것이 예의라고 후자와라는 파악했을 것이다. 기분 좋게 활짝 갠 하늘이 후지와라의 등 뒤로 평평하게 펼쳐져 있는 것이 보였다.

내가 잠이 덜 깨서 멍한 상태였기 때문에 후지와라는 그런 나를 보고, 이 사람은 단숨에 공격해야겠다는 속셈이 있었던 것이 틀림없다. '그럼 되는 걸로 알고 실례하겠습니다' 하고 다시 한 번 꾸벅 인사를 하더니, 나를 똑똑히 바라보는 듯한, 아니 꼭 그렇지도 않은 듯한, 보는 건지 아닌 건지 한없이 미묘한 눈길로, 그는 다음과 같은 말을 더듬더듬 내뱉기 시작해, 내가 '되는 걸로 알긴 뭘 되는 걸로 아냐' 하고 끼어들 여지조차 주지 않았다.

"음, 우선 먼저 두세 가지 정도, 변명 같겠지만 들어주시면 감사드리겠습니다. 되도록 저도 간략하게 하려고 하니까요, 네. 우선 첫째로 말인데요, 저 이거 무슨 판매나 권유를 목적으로 하는 건 절대로 아닙니다. 이건 정말이니까 믿으셔도 됩니다. 그 부분은 진심으로, 안심해주셨으면 좋겠습니다. 그리고 두 번째요, 저는 지금 이렇게 여기에 와 있지만, 이게

오카다 도시키 단편집

끝나면, 여기 두 번 다시 안 올 겁니다. 그런 집요한 행동은 절대 안 할 테니까, 그 점은 확실하게 여기서 맹세하고 싶습니다. 그리고, 마지막으로 세 번째는요, 시간에 대한 얘긴데요, 아무리 길어도 5분 이상 시간을 뺏는 일은 절대로 없을 겁니다. 반드시, 5분 안에 지금부터 제가 하려는 일이 끝날 테니까요, 그리고 끝나면 잽싸게 물러날 테니까요, 그 부분에 대해서도 확실하게 약속드리겠습니다. 네, 여기까지가 제가 미리 말씀드리려고 했던 내용입니다. 아, 그런데 혹시, 이런 쓸데없는 말을 뭘 일일이 지껄이고 난리냐고, 그러니까 오히려 더 제가 수상해 보이실 수도 있는데요, 만에 하나 그러시더라도, 이런 저 같은 놈을 의심하는 건 너무 당연한 거라고 생각하고요, 그냥 제 입장에서는 수상한 놈이라고 문전박대당하고 끝나는 가장 안타까운 사태를 되도록 피하고 싶은 마음에서, 지금, 이렇게 얘기만 하고 있는 거니까요, 그러니까 이건 혹시 원하실 때 얘기인데요, 저를 맘껏, 예를 들어서 비디오카메라나 휴대폰 같은 걸로 동영상이든 뭐든 찍으셔도 상관없습니다. 나중에 무슨 일 생겼을 때를 대비해 증거로 갖고 계셔도 상관없고, 동영상을 인터넷에 올리셔도 저는 괜찮습니다."

"찍어도 상관없다는 말은" 하고 나는 입을 열었다. "솔직히 찍어달라는 얘기죠?"

"아뇨아뇨, 그건 절대 아닙니다!" 하고 후지와라는 부인했지만, 결론은 찍히는 것이 아주 싫지도 않은 것이다. 내가 휴대폰을 꺼내 동영상 촬영모드로 세팅한 다음 "준비됐어요" 하고 말하자, 그의 눈은 갑자기, 그때까지와 확연하게 다르게 매섭게 쏘아보는 듯한, 무언가 갈망하는 느낌을 연기하는 눈이 되었다. "그럼 찍을게요" 하고 내가 녹화 버튼을 누른 사실은, '삑' 하는 소리로 그에게도 전달되었다. 목소리가 들렸는지 안 들렸는지 모를 정도로 나직하게 "그럼 시작하겠습니다" 하고 입을 움찔거린 후지와라는, 날 쏘아보는 눈초리는 그대로 유지한 채, 서서히 어깨와 목 언저리를 기점으로 상체를 세로로 흔들기 시작했다. 나는 대체 그가 뭘 하고 있는 것인지 전혀 알 수가 없었는데, 잠시 후 그의 몸이 흔들거리는 흐름이 일종의 비트를 타는 것 같다는 사실을 감지할 수 있게 되었다. 후지와라는 자기 몸속에 흐르는 비트를 지금, 온몸으로 느끼고 있는 것이다. 아무리 봐도 경쾌한 타입의 비트는 아닌 것 같다, 어느 쪽이냐 하면 끈적끈적하고 심오한 느낌, 브레이크 비트 같은 종류인 것 같다.

그리고 후지와라는 노래, 가 아닌 랩을 시작했다. 방금 전까지의, 가끔씩 갈라지기까지 하던 그의 가늘고 높은 음성이 마치 거짓말이었던 것처럼 굵직한 목소리로.

Yeah

갑자기 찾아온 날 쫓아내지도

싫은 내색도 하지 않고

문전박대도 무시도 하지 않고

내 말을 들어주다니 이건 요행

보통 있을 수 없지 요즘 세상엔

인터폰 너머로 들어주는 것만으로 감지덕지

그런데 이렇게 문까지 열어줬지

이런 오픈마인드 완전 종교 창시자 레벨

무엇보다 내 말을 믿어줬다는 사실

뭘 사달라는 게 아니라는 내 익스큐즈를

아무리 감사해도 모자라다는 사실

그러니까 난 믿을 수 있다니까 성선설

아니 그런데 정말이라니까 내가 하는 말

다만 그걸 말로는 증명할 방법이 없다는 안타까움

실제로 아무것도 팔지 않았다는

그 사후적 사실 말고는 증명할 수 없는

그러니까 그걸 증명하기 위해 들어주길 바라지

난 내가 지금 하고 있는 이 프리스타일

모든 게 끝난 시점에서도

단 하나도 사달라고 한 적 없을걸

그것을 증명해 보이겠어 입증해 보이겠어

그러기 위해서 끝까지 해 보이겠어 이 퍼포먼스

하지만 오직 그것만이 목적이라면

그게 다라면 시시하지 그건 너무한 이야기

애초에 이런 짓 시작도 안 하면 그만인 얘기가 되어버리지

그건 나도 잘 안단 말이지

이런 퍼포먼스 나 지금 왜 하고 있는 거지?

그 진짜 목적이 뭐지?

뭘 팔아먹을 목적이 아니라고 자꾸 그러는데

목적이 뭐냐고 말하지 않는 건 화룡점정을 찍지 않은 꼴

그럼 말해주지 내가 뭐 때문에 이러고 있는지

확실히 말해야지 나는 날 위해 이러고 있다고

그게 다야 진짜라니깐

말하자면 이건 나의 수양 같은 것

내겐 필요하다고 말하자면 수양 쌓는 것

근데 이건 알아둬 내 말은 랩의 수양이 아니라는 것

내게 랩은 아무 의미 없어 아니 나의 랩은 의미 없어

거지 같은 것 난 그걸 아주 잘 안단 말이지

내가 말하는 건 인생, 이건 인생의 수양

그것이 나에겐 필요 그리고 불가결

랩은 그걸 위한 툴 즉 수양을 위한

결국 이런 짓 나의 이 Fucking 랩

갑자기 듣는 사람들이 이렇게 생각하는 건 당연

어이 야 너 잠깐만, 이 새끼 뭐 하는 놈이야 도대체

그리고 이 랩은 또 뭐냐

차마 못 들어주겠다는 건 바로 이 경우

꼴은 또 왜 이래, 아주 꼬라지가 말이 아니네

머리끝부터 발끝까지 다 틀렸잖아

이거 또 참 희한한 게

틀렸다는 이 감각 신기하게

랩 같은 거 잘 모르는 어르신도

다 안다니까 무서워 죽겠네

랩 같은 거 할 놈이 아냐 넌 아니야

그런데도 애 쓰는 게 짠하다 야

그런 느낌은 간파하지 방심하지 마

쥐구멍이라도 있으면 숨고 싶다

어떻게 아는 거야 나는 모르겠는데

어떻게 하면 아는 거야 누가 좀 가르쳐 줘

양키스 모자 이렇게 쓰는 거 맞냐고

아아 물론 지금은 안 쓴 거 알거든

근데 나도 있거든 그 아이템

뭐니뭐니해도 정석 그리고 가끔 쓰거든 그거

그리고 요란하게 쓰는 법을 틀리지

그리고 욕을 먹지 비웃음 사지

모두가 나를 등한시 Whenever you see

그렇지만 내겐 이게 바로 찬스

결국 이게 의미하는 바는 수양할 계기의 도래

등한시라는 박해, 박해라는 이름의 수난

수난이라는 이름의 수양 그 계기의 도래

나의 랩을 듣고 사람들은 무슨 생각을 할까

사실 그런 건 나에겐 나중 문제

봐봐 나라는 일인칭을 쓰는 것도 처음엔 못 했던 내가

근데 지금은 봐라 그리고 들어라

이렇게 아무렇지 않게 나 나 하고 있는 나

그러니까 이래 봬도 나도 성장했다니까

랩이 어쩌고 그게 문제가 아니야 여기서 랩은 중요한 게 아니야

랩은 여전히 개판 나의 랩

'나'라는 인간을 보라고, 이쪽은 제법 쓸 만해졌지?

그것만큼은 상당히 자신 있다고

예전과 비교도 안 돼 이건 다름 아닌 수양 덕분

그렇지만 물론 아직도 부족해

그러니까 난 이걸 계속할 수밖에

분명한 사실 내게 남은 길은 그 길뿐

그리고 어때? 나는 증명해 보였거든

바로 지금 약속을 지켜냈거든

그러니까 당신이 기억하건 말건 그건 알 바 아니거든

그래도 나는 약속대로 지금까지 단 하나도 사달란 말

한마디도 안 했거든

Yeah……

끝났다는 것을 알아차린 나는, 정지 버튼을 눌렀다. 후
지와라가 "끝입니다. 감사합니다"라고 말했을 때 그의 목소
리는, 원래대로 가늘고 높은 목소리로 돌아와 있었다. 아주
깊게 인사하더니 후지와라는 후~우 하고, 가슴 깊은 곳부터
안도가 가득 차오르고 있다는 것이 옆에서도 생생하게 느껴
질 정도로 한숨을 쉬었다. 그렇게 한숨 돌리고 있는 가운데,
내가 찬물을 끼얹듯 "지금 녹화시간 보니까, 5분 조금 넘었는
데"라고 말하자, 후지와라는 "아, 죄송합니다" 하고 송구스럽
다는 표정을 한 차례 지었지만, 사실 거의 개의치 않는 모양
새였다. 그건 아마 방금 전까지의 랩 모드가 아직 몸에 남아
있는 탓도 있을 것이다.

　"지금 이거는 자발적으로 하는 거예요? 아니면 이런 거
하라고 어디서 지도받으면서 하는 거예요?" 하고 궁금함을
못 참은 내가 묻자, 후지와라가 해준 대답은 "아, 기본적으로
는요, 지도해주시는 분이 있어요"였다. "지금은 저까지 포함
해서, 음, 몇 명이더라, 정확하게는 모르겠는데요, 제가 아는
범위에서 말하면, 열 몇 명쯤 되려나, 이런 걸 학생이라고 하
면 되는 건지 제자라고 해야 되는 건지 모르겠는데요, 아무
튼 저희를 지도해주는 리더가 있어요. 그런데 지도해준다는

건 다른 게 아니라요, 리더는 랩의 기술적인 거나 그런 자잘한 걸 가르쳐주는 게 아니고요. 리더가 우리한테 해주는 지도의 핵심은, 한마디로 하면, 중요한 건 바로 여기, 라는 거죠, 결국"이라고 말하더니, 주먹을 쥔 오른손으로 자기 왼쪽 가슴을 두드렸다.

"리더는" 하고 후지와라는 계속 말했다. "원래는 스트리트 세계에서도 상당히 이름을 알렸던 사람 같은데요, 아니 저희는 전혀 그런 부분은 직접적으로는 전혀 모르지만요, 그런 소문이 자자했다는 건데요, 소위들 말하는 레전드 뭐 그런 거죠. 불과 3년 정도 전까지만 해도 왕성하게 활동을 했던 것 같아요. 근데 이건 리더가 쓰는 말을 거의 몽땅 그대로 옮긴 수준인데요, 리더는 스트리트에서 자기가 퍼포먼스를 하다가, 스트리트에 들어오지 못하고 주변만 빙빙 도는 애들한테 내가 뭘 해줄 수 있을까, 점점 이런 고민을 하게 된 것 같아요. 그래서 시작한 게 바로 '아웃 오브 스트리트' 라는 작은 무브먼트거든요, 이거 들어보신 적 없으세요, 이 무브먼트? 아, 없으세요, 못 들어보셨구나, 벌써 이래저래 1년도 더 지난 얘기가 되는데요, 당시 저는 제가 이 상태로 있으면 안 되겠다, 싶은 문제의식은 있었거든요, 그런데 구체적으로 어떻게 하면 좋을지를 몰라서, 굉장히 괴롭고 마음이 침울해져서 이러지도 저러지도 못하고, 오로지 인터넷에서만 방황하면서 살고, 진짜 살아 있다는 기쁨에서 한없이 멀어진 것 같은

오카다 도시키 단편집

날들을 보냈었거든요. 그런데 그러던 중에, 이건 그냥 우연히 이끌렸다고 할 수 있는데요, 제가 '아웃 오브 스트리트'를 만나게 된 거예요. 그래서 저도 뭐, 아, 여기다 싶어서 마음을 다잡고 콘택트해서요, 그때부터 연이 되어서 지금은, 저도 관리받고 있다, 뭐, 그렇게 된 거예요. 아, 그래도 이거, 처음에 약속드린 대로, 판매하고 뭐 그런 목적은 전혀 없으니까요. 사실 억지로 뭘 권유하고 그러는 건, 저희 규칙에도 엄격하게 금지되어 있거든요. 그러니까, 그렇다는 얘기고요, 어쨌든 마지막까지 들어주셔서 정말로 감사합니다!"

그렇게 말하고 돌아가려는 후지와라를 향해 난, 무슨 말이든 한마디 해주고 싶다는 생각에 견딜 수 없어서, 예를 들면, 아니, 그쪽이 뭘 권유해도 내가 그런 거에 넘어갈 사람이 아니라고 대충 그런 말을 해주고 싶었는데, 후지와라는 내가 그런 말을 할 시간은 조금도 주지 않고 허둥지둥 떠나갔다. 그리고, 그런 그의 뒷모습을 멍하니 지켜보고 있던 것은 시간으로 치면 불과 몇 초 정도밖에 안 되었겠지만, 그사이 지극히 뜻밖에도, 상당히 거대한 허무감이, 스멀스멀 덕지덕지 나를 엄습하기 시작했다.

현관에서 방 안으로 다시 들어간 나는 부엌에 서 있다가 다이닝 테이블에 앉았다가 그러면서 오늘이라는 하루를 기동시키는 대신에, 침대 위에 털썩 드러눕고 말았다. 똑바로 누워 휴대폰을 들고, 방금 막 촬영한 동영상을 재생시켜봤다.

후지와라가 카메라를 노려보고 있는 모습, 익숙하지 않은 위협적인 목소리로 랩을 하고 있는 모습이 찍혀 있어, 나는 이 동영상의 애잔함을 직시하기 어렵단 느낌, 일종의 슬픔까지도 느꼈다. 이런 '배드 보이'스러운 몸놀림이, 후지와라의 마음 깊은 곳에 존재하는 욕구에서 만들어진 것이라고는, 난 아무래도 믿을 수 없었다. 아까 살아 있는 후지와라가 하는 것을 봤을 때는, 눈앞에 있는 후지와라라는 존재의 존엄에 대한 어느 정도의 경의 같은 것을 자연스레 품고 있었기 때문에, 그에게서 느껴지는 짠함을 아주 적은 수준으로 억제할 수 있었던 것 같다. 그런데 이렇게 영상으로 봐버리니, 후지와라를 훨씬 냉정한 시선으로, 비평적으로 볼 수 있게 되어, 후지와라에 대해 무자비해지는 것이 놀랄 만큼 용이해지고 말았다.

난 점점 맥이 빠졌다. 모처럼 날씨도 좋은데, 이대로 어디 외출도 하지 않고, 방 안에서 빈둥거리는 사이에 오늘의 나는 일요일을 헛되이 보낼지도 모르겠다는 두려움을 느끼기 시작했다. 바로 조금 전까지 살아 있는 인간이 눈앞에서 이 짓을 하는 모습을 보고 있었는데, 지금은 그것을 이렇게 다시 영상으로 보고 있다니, 이 행위 자체가 애초에 허망한 헛짓거리기 때문에 점점 더 강렬하게 맥이 빠져갔다. 난 침대에서 일어날 수도 없게 되었고, 이 시시한 랩 영상을 재차, 삼차, 사차 반복해서 보고 말았고, 이렇게 조금 전까지는 단순히 두려움에 불과했던 것이 점점 현실이 되어갔다.

그러던 중, 이건 좀 재밌네, 싶은 변화—그렇다고 해서 그걸로 내 기분이 좋아지는 건 아니지만—가 내 안에서 일어났다. 조금 전까지는 영상 속 후지와라에 대한 부정적이고 냉담한 마음만 갖고 침대 위에 무거운 몸을 눕혔는데, 영상에 기록된 후지와라를 보다보니 어느새 그를 옹호해줘야 하는 부분도 있다는, 그런 비슷한 생각을 하게 된 것이다. 이제 와서 보면 영상으로 보는 후지와라의 퍼포먼스가 풍기는 애잔함은, 내 눈물샘에서 똑 하고 눈물을 한 방울 혹은 두 방울 정도 쥐어짤까 말까 하는, 그런 미묘한 라인까지 치고 들어왔다.

그가 선보인 랩에서 이건 정말 아니다 싶었던 점은, 어떤 의미에선 반대로 매우 지당한 일인데, 왜냐하면 이건 아무리 생각해도 무리수인 것을 굳이 하고, 그리고 창피당하고, 거기서 무언가를 얻고, 획득해야만 하는 것은, 그 치욕에 빠져도 치욕스런 모습 따위 티끌만큼도 보이지 않겠다는 그 태도이다. '아웃 오브 스트리트'라는 미심쩍은 조직의, 리더라고 불리는 자의 지시를 충실히 따라 수행한 결과임에 틀림없고, 만일 이것이 그럴싸해진다면 오히려 의미가 없어질 것이다.

이대로 인터넷 창을 열어 곧바로 검색해보면, 후지와라의 랩과 비슷한 영상들이 몇 개—어쩌면 여러 개, 아니면 무수하게 ― 올라와 있는 것을 아마 아주 쉽게 찾을 것이다. 남자고 여자고, 늙은이고 젊은이고, 여러 사람들이 그 사람 나름의 방식으로 카메라를 응시하고, 그 사람 나름의 랩을, 그리고 거기서 배어나는 막을 수 없는 애잔함을, 온 힘을 다해 선보이고 있는 영상들을, 얼마든지 볼 수 있을 것이다. 그것을 보는 것만으로 귀중한 휴일 하루가 휙 지나갈 수도 있다.

그럼, 시험 삼아 그중 몇 개를 여기서, 무작위로 본다고 가정해보자. 그러면, 어느 것을 보나 기본적으로는 비슷비슷한 구조를 갖고 있다는 걸 알게 될 것이다. 즉, 우선은 이 퍼포먼스를 할 수 있게 허락해준 동영상 촬영자를 향해 감사를 표하는 것으로 시작해서, 하는 김에 자기 자신을 디스리스펙트하는 내용이 많든 적든 내포된 자기 이야기를 하고, 사회를 향한 불평불만도 이따금 섞어가면서, 어쨌거나 그래도 마지막에는, 현재의 스스로를 바꿔 보이겠다는 일종의 결의를, 경우에 따라서는 이 세상도 바꿔보겠다는 힘찬 선언을 끝으로, 포지티브하게 피니시, 한다는 이런 식의 기본 구조다. 이건 '아웃 오브 스트리트'의 리더가, 랩이란 그렇게 만들면 된다고 가르쳐서 다들 고분고분 그 말을 따른다는 도식의 귀결인가? 아니면 딱히 그런 촌스러운 것을 가르치지도 않았는데, 각자 마음 가는 대로 했더니 저절로 그렇게 되었다는, 한편으로 신기한 사태가 벌어진 건가?

내 손안에 있는 이, 뜨끈뜨끈한 후지와라의 동영상을 업로드할 것인가 말 것인가? 하는 고민도 당연히 내 안에서 일어나겠지만, 적어도 현시점에서 난 그것을 올리는 것이 어쩐지 망설여졌다. 후지와라 본인은 속으로 업로드해주길 바랄 거라는 건 확실했지만, 그래도 내 마음은, 그의 의사를 존중해서 업로드를 하는 게, 글쎄, 아무래도 어렵다. 업로드한다면, 내가 한 그 선택은 아마도, 후지와라에게 본때를 보여주자는 악의에 휩싸인 상태에서 해버린 거라는, 뭐 그런 표현의 형태일 수밖에 없을 거라는 기분을 떨칠 수가 없다. 그리고 후지와라에 대해서 이렇다 할 악의를 품고자 하는 마음이 털끝만큼도 없는 이상, 여기 이 동영상을 업로드하는 것은, 어쩐지 멋쩍은 기분이 든다. 하긴 후지와라 입장에서 보면 악의로 올리거나 말거나 전혀 상관없으니까, 아무튼 이 동영상을 업로드해주길 바라고 있고, 그리고 이 부끄러운 영상이 잠재적으로 뭇 사람들 눈에 띌 수 있는 상태에 놓임으로써 자신의 존엄을 엉망진창 무시당하는, 후지와라가 했던 랩 중에 나온 말을 빌리자면 '수양'을 쌓는 계기를 얻고 싶은 거다. 왜냐면 그런 식의, 부끄러워서 죽고 싶을 정도의 수양을 좌우지간 마구 쌓다 보면, 그다음 스테이지가 꼭 기다리고 있을 거라는 그런 기분이겠지만, 그래도 난 역시 내가 주저하고 있는 이 느낌을 가볍게 넘길 수는 없다. 내가 침대 위 편안한 폭신함 속에 폭 빠져 있다는 것이 너무나도 잘 느껴진다.

　난 문득, 이렇게 손이 머뭇거리는 걸 절대 나만 느끼는 것은 아니라는 생각이 들었다. 무슨 말이냐면, 인터넷에 올라가지 못하고 어쩌면 영원히 세상에 나오지 못할 '아웃 오브 스트리트' 퍼포먼스의 영상 데이터는 수없이, 그야말로 무수히 존재할 거라는 확신이 든다. 업로드된 동영상과 되지 못한 동영상의 비율은 어떻게 될까? 어쩌면 업로드된 건 빙산의 일각이고, 나머지는 수면 아래 거대한 빙하로 잠들어 있는지도 모른다. 한발 더 나아가, 고의로 혹은 어쩌다 삭제되어 이 세상에서 영원히 사라져버린 동영상도 있을 것이고, 그것까지 계산에 넣으면, 이 나라에는 아까 후지와라 같은 사람이 대체 몇 명이나 배회하고 있을지, 그 천문학적 감각에 어질어질해진다.

　이런 식으로 내 머릿속을 맴도는 생각은 딱 봐도 스케일이 광대해지고 있었는데, 과연 정말로 그럴지는 아주 미묘, 하다는 건 나도 잘 알고 있다. 그리고 이 시점에서 내가 이번 일요일을 어떻게 보낼지에 대한 선택지 중, 밖으로 나갈 가능성은 완전히 궤멸되어 있었다. 하늘 상태를 봐도, 회색의 정도가 조금 전부터 급격하게 짙어지고 있었는데, 난 이미 그런 변화를 감지할 수도 없는 상태였다.

　잠시 후, 하늘에서 물방울이 똑, 똑 떨어지기 시작하나 싶더니, 빗발은 그대로 눈 깜짝할 새에 거세졌다. 주위가 완

　　　　　　　　　　　　　　오카다 도시키 단편집

전히 어둑어둑해져, 지금이 아직 겨우 정오가 조금 지난 시각이라고는 좀처럼 믿기 어려워졌다.

요코하마의 미나토미라이 일대를 우산을 쓰고 오가는 사람들은, 땅바닥에 고인 물을 튀기며 발밑을 더럽혔다. 하지만 굳이 안 그래도 자연스럽게 수분이 스멀스멀 구두 밑창이나 옆, 또는 헐거운 봉제선 사이로 침투해 들어오는 것은 피할 수 없었기 때문에, 물을 튀기든 말든 신경 쓸 겨를도 없어졌다. 처음엔 피부나 몸의 말단부분, 귀나 발끝 같은 곳이 근질근질하기도 하고, 발가락 다섯 개를 괜히 꼬물꼬물 움직이고 싶어지기도 했는데, 그런 섬세한 불쾌감은 곧바로 압도적인 눅눅함에 밀려 산산이 흩어졌다. 하늘에 자욱한 구름의 색감이, 새 빌딩이 많은 지금 현재 이 동네의 칙칙함에 상당히 큰 영향력을 행사하고 있다. 그래서 빌딩의 외벽은 색깔뿐만 아니라 소재감까지, 어딘가 구름과 닮아 보였다.

이 부근에서 유난히 높은 70층짜리 초고층 빌딩, 이름하야 랜드마크타워는, 꼭대기 부분이 비구름 속으로 파고들어 지금은 보이지 않는다. 그래서 그런지 숭고해 보이기도 하고, 동시에 완전히 정반대로, 어딘지 모르게 사악한 아우라를 띤 것처럼도 보인다. 아무튼 많은 사람들은 이런 거센 빗속에서도, 그 광경에 그만 시선을 멈추고, 잠시 넋을 놓고 바라본다. 그리고 뭔가 이런 약간 초월적인 것을 접하는 일이 요새 잘 없었던 것 같다며, 아니 그보다 이런 느낌을 맛본 게 언제였냐며, 적잖이 감동하고 있다. 그중에는, 실제로 눈으로 본 광경과 자기 상상력이 멋대로 만들어낸 망상이 투영되어 진짜 모습을 구별하지 못해 말도 안 되는 상상을 하는 사람도 있다. 구름 속에서 거대한 팔이 아무 조짐도 없이 비죽비죽 힘차게 뻗어 나오나 싶더니, 그 팔은 미나토미라이 21지구라고 불리는 이곳 워터프런트 재개발지구 일대를 한 군데도 빠짐없이 주먹으로 뭉개기도 하고, 빌딩이란 빌딩을 닥치는 대로 꽉 쥐어 흡사 감자나 파를 뽑듯 한 움큼 뽑아간다. 뽑히면서 딸려 올라간 지표면의 아스팔트가 벗겨지고, 그 아래 흙이 물보라처럼 튀어 사방으로 흩어진다. 그런 소행을 벌이고 있는 팔은 조금도 주저하지 않을 뿐더러 도대체 왜 이런 일이 지금 벌어지고 있는지 그 의미도 이유도 전혀 알 수가 없다. 그리고 최후의 최후까지 살아남은 랜드마크타워를, 그 거대한 팔은 끝내 해치우고 만다.

이런 꺼림칙한 망상에 사로잡혀 있던 장본인은, 우산을 받친 채로 머리를 좌우전후로 있는 대로 세게 흔들어 이 상상을 떨쳐내려고 안간힘을 쓰며, 흐느적흐느적 어딘가를 향해 사라진다. 사쿠라기초 역 안, 개찰구 근처 지붕이 달린 구역에는 많은 사람들이 비를 피하고 있다. 주변의 바닥은 비가 직접 닿지도 않았는데도 흠뻑 젖어서, 길을 지나는 사람들을 언제든지 홀렁 미끄러뜨리려고 대기하고 있다. 나이가 열두 살인가 열세 살쯤 됐음직한 소년이, 그 바닥에 스니커 밑창을

오카다 도시키 단편집

뽀드득 뽀드득 문지르며, 랜드마크타워의 무슨 종교화 같은 그 위엄 있는 장관을 바라보고 있다. 소년은 이곳 사쿠라기초 역 개찰구에서, 같은 반 여자아이를 만나기로 했다. 오늘의 데이트 상대—이건 아마 데이트일 거라고 소년은 생각하고 있으나—가 늦어지는 건 이런 날씨 탓일지도 모르니까, 자기가 먼저 전화나 문자를 하는 것은 지금 시점에서는 일단 참고 있다. 소년이 입고 있는 하얀색 두툼한 후드파카는, 언뜻 막 새 옷을 꺼내 입은 것으로 보이는데, 등에는 심플하고 대담한 그리고 검정색 선으로 된, 드로잉인지 그래피티인지 캘리그래피인지, 글자 같으면서 글자가 아닌 모양이 크게 프린트되어 있다. 소년은 파카의 소매를 손바닥 절반이 쏙 덮일 정도까지 끌어당겨 내려뜨렸고, 그것을 가끔 코끝에 대고 거기서 감도는 새 옷 냄새를 맡으며 그녀가 오기를 기다리고 있다.

소년이 얼마나 더 기다려야 할지는 모르겠지만, 어쨌든 기다리면 그녀는 올 것이다. 그러면 두 사람은 랜드마크 플라자라는 이름의 쇼핑몰로 데려다줄, 움직이는 보도에 타겠지? 두 사람은 움직이는 보도 왼쪽 레인에 붙어 앞뒤로 설 것이다. 오른쪽은 빨리 가고 싶은 사람들을 위한 레인이라 비워둬야 한다. 운치 없는 사람들이 부리나케 옆을 지나가는 동안, 두 사람은 시시한 수다에 신나 하면서도 머릿속 한구석에서, 자기들이 앞으로 어딘가에서 손을 잡을지도 모른다고, 또 어쩌면 오늘은 둘이서 관람차를 탈지도 모른다고, 그런 흐름이 될지도 모른다고, 그러다 곤돌라 안에서 둘만 있는 시츄에이션에 흠뻑 취해 첫 키스를 나누게 될지도 모른다고, 몰래 그런 예상을 하고 있다. 그렇지만 아무래도 이런 빗속에서 어지간해서는 관람차를 타게 되지는 않을 것 같다. 뭐, 그래도 별로 상관없다.

움직이는 보도 진행방향의 오른편으로 전시 중인 범선의 모습이 보인다. 은퇴한 범선이 비를 맞고 있는 광경에, 그 또래 아이들도 마음이 아플지, 나는 잘 모르겠다. 이 사춘기 소년과 소녀는 정말이지 흐뭇하다. 쇼핑몰에서 딱히 뭘 사는 것도 아닐 것이다. 움직이는 보도의 종점에 다다르면, 거기서부터 쇼핑몰 안까지는 걸어서 들어갈 것이다. 입구 바로 옆에는 젤라또 가게가 있다. 거기에 들르는 것은 그 둘한테 필수 코스임에 틀림없다. 쇼핑몰 어딘가 한구석에 나란히 앉아, 서로 주문한 젤라또를 조금씩 뺏어 먹을 것이다. 둘이 그러고 있을 수 있는 것만으로 이미 더 바랄 것이 없을 것이다. 그에 반해 난, 역시 이제 와서 오늘은 아무 데도 못 나갈 것 같다. 핫플레이스 같은, 그런 반짝반짝 빛나는 존재였던 시기는 이미 오래전에 지난 그 쇼핑몰에 가고 싶어 죽겠는 건 아니지만, 아무 데도 가지 않는 것보다는 훨씬 나을 것 같다. 그렇지만 그런 곳조차도 오늘의 나는 가지 못한 것이다. 그 원인을 비 때문이라고 할 수도 있지만, 그럴 수 있을 것 같지만 아무

오카다 도시키 단편집

래도 못 하겠다. 그것이 변명에 지나지 않는다는 것을 자각하
지 않으려는 그런 태평한 짓은, 난 죽어도 못 하겠으니까.

★《신초》 2013년 5월

나 말고 그 남자

俺じゃない男のほう

뒤를 돌아봤더니 처음 보는 남자가 나를 노려보고 있었다. 내가 그쪽으로 돌아보기를 기다리고 있었다는 듯, 장승처럼 멀뚱히 서 있었다. 하지만 나는 내 등 뒤에서 무슨 둔탁한 소리가 났기 때문에 돌아본 것이었다. 그 소리는 누군가 내 캐리어에 부딪혀 그걸 넘어뜨리는 소리가 분명했기 때문이다.

캐리어를 넘어뜨려서 미안하다고 사과할 줄 알고 나는 잠시 말없이 기다렸는데, 남자는 그럴 생각이 없어 보였다. 사과는커녕 나한테 사과하라는 것이다. 나는 기가 막혔다. 사과는 그쪽이 해야지 무슨 소리냐고 잽싸게 되받아쳤다.

나의 소프트 캐리어는 남자의 바로 옆 포장도로 위에 쓰러져 있었다. 손잡이 부분이 완전히 끝까지 올라온 상태였다. 손잡이가 망가져 다시 안 들어가면 어쩔 거냐고 묻고 싶었다.

남자는 옅은 감색의, 싸구려로 보이는 정장을 입고 있었다. 안경을 썼는데 테는 금속으로 된 프레임이었다. 나이는 나보다 열두 살은 더 먹었을 것 같았다. 머리숱이 아주 없어보였다.

남자는 키가 작았기 때문에 내가 훨씬 컸다. 남자의 재킷에 배지가 달려 있는 것이 보였다. 회사 마크인 것이 분명했다. 하지만 그때는 벌써 밤이었다. 배지가 어떻게 생겼는지는, 깊게 드리워져 있는 그림자에 가려 세세한 모양이나 어느 회사 것인지까지는 알 수 없었다.

캐리어가 넘어지는 둔탁한 소리가 났을 때는 막 어깨에서 내린 배낭을 택시 트렁크에 넣고 있을 때였다. 가방이 쓰러지는 소리는, 땅바닥을 향해 고꾸라진 캐리어의 앞면과 아스팔트 사이에서 협공을 당한 공기가 그 틈에서 프슛 하고 빠져나가는 소리도 포함된, 분명치 않은 소리였다.

그 캐리어는 남자의 발에 채여 넘어진 것은 아니었다. 저혼자 그냥 쓰러진 것이었다. 내 캐리어는 짐을 너무 많이 쑤셔 넣어서 무게중심이 한쪽으로 쏠려 있었다. 밸런스가 좋지 않았다. 가방 앞면이 볼록 튀어나와 있었고, 그 부분에 있는 것은 주로 책이나 위스키 같이 무게가 나가는 물건들이었다. 그래서 거기가 자연스레 중력을 못 이겨 앞으로 엎어진 것이었다. 옅은 감색 정장을 입은 남자는 우연히 그때 그 앞을 지난 것이다. 그리고 끝까지 끌어올린 손잡이 끝부분이 남자의 튀어나온 무릎뼈, 살이 적은 부위를 심하게 내리쳤던 것이다.

그 아픔은 뼈를 울리며 몸 전체로 퍼져나갔다. 그래서 남자는 나를 노려보고 있었던 것이다.

하지만 나는 그런 사실을 몰랐다. 그리고 지금도 그 남자가 부주의했고 또 내 캐리어가 검은색이기도 했기 때문에 거기 있는 것을 보지 못하고 부딪힌 것이라고 생각하고 있다. 그래서 계속 그 남자를 노려봤다. 결국 끝까지 미안하다는 말 한마디 없었다. 결국 끝내 남자는 됐다며, 이러다 날 새겠다는 말을 남긴 채, 자신을 기다리느라 뒷좌석 문을 열어두고 있던 택시 안으로 들어갔다.

그곳은 요코하마 역 지상 출구 바로 앞에 있는 택시 승강장이었다. 택시를 기다리는 승객들의 줄은, 그날은 그렇게 길지 않았다. 내 순서는 금방 왔다. 내 다음인지 다음다음쯤에 섰던 사람이, 옅은 감색 정장을 입은 남자였다.

택시 승강장으로 가기 위해 요코하마 역을 나온 순간, 도로 아스팔트가 살짝 젖어 있다는 것을 알았다. 조금 전까지 비가 왔었다니, 그때 나는 의외라는 생각을 했었다. 그런데 생각해보면 분명 착륙할 때 국제선 비행기 안에서 봤던 도쿄 만의 밤 풍경은, 비 때문에 뿌옇게 보였다. 나는 하네다 공항에서 여기까지 게이힌 급행 전철을 탔고, 그 안에서 줄곧 푹 잠에 빠져 있었다. 그러니까 그 기억이 사라졌던 것이다. 나는 그때 여행에서 돌아오는 길이었다. 완전히 녹초가 된 상태였다.

남자가 올라탄 택시의 운전기사가 방금 전에 왜 그런 거냐고 물었다. 남자가 사정을 설명하자, 그거 참 나쁜 놈이라고, 그런 황당한 날벼락이 어딨냐며, 운전기사가 남자에게 동정을 표했다. 진짜 기가 막혀서, 방금 그놈은 도대체 뭐 하는 놈이냐고, 남자는 조소 섞인 말을 내뱉었다. 자기 가방으로 남을 다치게 해놓고 사과하기는커녕 당한 사람더러 사과를 하라니, 무슨 되먹지도 않는 소리야. 왜 그런 놈 있잖아요, 분명히 마약 같은 거 하는 사람일걸요? 그놈 눈동자 혹시 살짝 풀려 있지 않았어요? 이렇게 말하고 운전기사는 하하하 웃었다. 그러고 나서도 운전기사는 갖가지 표현으로 나를 나쁜 놈으로 만들었다. 남자의 기분을 조금이라도 좋게 해주려는 것이었다. 남자는 그런 그의 모습이 어디까지나 손님을 위한 서비스라는 것은 알았지만, 그래도 그런 말을 듣고, 당연히 기분 나쁠 것은 없었다.

하지만 남자는 문득 이때, 내가 탄 택시에서도 똑같은 광경이 펼쳐지는 모습을 상상했다. 그쪽 운전기사는 반대로 나를 달래려는 말을 하고 있을 것이다. 왜 그랬을까요, 아까 그 아저씨는? 다 큰 어른이 눈을 부라리면서 노려보기나 하고. 이런 말을 하고 있을까? 왜 저 택시 안에서는 이쪽이 나쁜 놈이 된 걸까.

★《스바루すばる》2015년 1월

오카다 도시키 단편집

에리나
エリナ

에리나 · · · · · ·

지금으로부터 10년 정도가 지났을 때에는, 이미 죽고 없었으면 좋겠다, 그럼 얼마나 좋을까, 하지만 계속 이런 소리나 하면서 난 아마 10년 후에도 평범하게 살아 있겠지, 10년 지나봤자 난 겨우 서른아홉 살이니까, 하는 생각으로 에리나가 반은 자포자기 상태였다는 것을 내가 알 턱이 없었고, 만에 하나 알았다 치더라도 오히려 난 분명히 마음속 깊은 곳에서, 에리나가 정말로 그런 생각을 한다고는 못 믿겠다고, 전혀 이해가 안 간다고 생각했을 것이다.

나와 에리나는 도쿄에서 대학을 다니며 처음 만났다. 학창 시절 우리는 참 사이가 좋았다. 나는 대학을 졸업하고 고향 근처 지방 방송국에 입사했다. 에리나는 도쿄에 있는 출판사에 들어갔다. 사회인이 되어서도 내가 도쿄로 출장을 가면 같이 만나서 밥을 먹었다. 그런데 최근 2, 3년은 어쩐 일인지 못 만났다. 확실한 이유가 있다기보다, 그냥 어쩌다 연락을 안 하게 된 것이다.

오늘 오랜만에 에리나한테 메일이 왔다. 결혼한다는 소식과 함께, 다음다음 달에 있을 결혼식 피로연에 관한 안내가 적혀 있었다. 나는 조금 놀랐다. 에리나는 자기 인생의 한 전환점을 맞이하는 그런 중요한 소식을 전할 경우 형식을 제대로 갖춰서, 메일 같은 것이 아니라 우편으로, 점잖고 예의를 갖춘 글을 두꺼운 종이로 된 엽서, 그것도 큰 사이즈에 고급스러운 서체로 인쇄해서, 그것을 또 빳빳하게 봉해서 보낼 것 같은 타입의 사람으로, 이런 식으로 형식을 경시해 캐주얼하게 넘어갈 타입은 아니라고 생각했기 때문이다.

나는 상투적인 말로 보일지도 모르는 말, 그렇지만 나로서는 진심을 다해 축복해줄 마음으로 고른 말을 곁들여, 피로연에 가고 싶다는 답장을 썼다. 그러면서 나는, 부럽다는 말을 썼다. 부럽다는 건 진짜였다. 나는 얼마 전까지 사귀었던 오쿠라 씨와 막 헤어진 상태였기 때문이다.

내게는 오쿠라 씨와 결혼해서 그의 아이를 낳았으면 좋겠다는 꿈이 있었다. 그리고 그이와 아이들에게 계속 똑같은 크기로 사랑하고, 아이들이 커가는 모습을 지켜보며, 동시에 우리 부부가 함께 나이를 먹어가는 것도 느끼고, 늙어가는 것에 한탄도 하며, 그러면서도 속으로는 그 한탄도 즐기는, 그런 삶을 살 수 있기를 바랐다. 아이들이 잘 커가도록 정성을 다하고, 오쿠라 씨 일도 잘 풀리도록 옆에서 응원해주고, 우리 부부의 관계를 애지중지 영원토록 키워갔으면 좋겠다고. 나는 그런 꿈을 꾸고 있었다. 싸울 일도 많이 있겠지, 아이들이 반항을 하는 시기도 오겠지, 항상 온화한 삶을 살 수 있을 리는 없겠지만 그래도 조금씩 우리는 그런 평범하면서도 어느 것과도 바꿀 수 없는 삶의 경험을 차근차근 밟아가며, 조금씩 온화한 삶을 사는 방법을 익혀가겠지. 나이를 한 살 한 살 먹는다는 것 자체가 자연스레 우리를 온화하게 만들어주기도 하겠지. 그렇게 해서 손에 쥔 그 온화함 속에서, 이 목숨이 끝나는 순간까지 행복하게, 그와 함께 살 수 있다면 얼마나 좋을까, 나는 그런 꿈을 꾸고 있었다.

하지만 오쿠라 씨는 결혼에 관심이 없었다. 그와 결혼하고 싶다는 나의 속마음을 처음으로 넌지시 전했을 때, 오쿠라 씨의 표정이 경직되고 그의 눈동자가 딱딱하게 굳은 것을 보고, 그에게는 이런 이야기가 상상하는 것조차 싫은 것이라는 사실을 나는, 이보다 더 할 수 없을 만큼 명백하게, 똑똑히 깨달았다. 그럼 할 수 없었다. 집요하게 결혼하자고 졸라봤자 의미가 없었다. 둘 다 진심으로 바라서, 그래서 아주 자연스럽게 흘러간 결과가 결혼이어야 한다.

이런 나와 달리, 결혼을 앞둔 에리나는 행복과 희망으로 둘러싸인 세상에 있을 것이 틀림없었다. 나로선 알 턱이 없었다. 에리나가 결혼하기로 마음먹은 건, 10년 후에는 자기가 살아 있지 않았으면 좋겠다고 생각했기 때문이라는 것을. 그렇지 않다면 이런 결단을 내렸을 리가 없다는 것을. 나는 내가 지금 에리나에 대한 이상한 질투에 사로잡혀 있는 것은 아닌지 신경쓰는 것만으로도 힘에 부쳤다. 그렇지만 내 마음속 평정은 서서히 돌아왔다. 그리고 부럽다는 마음은 분명 본심이 맞지만, 동시에 나도 좋은 사람을 만날 수 있다고 생각했다. 사실 이런 말은 이런 경우, 예를 들어 판에 박힌 축하 메시지로도 손색이 없으니, 나는 그저 그것을 평범하게 답습하는 거라고도 할 수 있는 것이다. 그렇게 생각하니 마음이 편해졌고, 난 점점 괜찮아졌다.

에리나의 속마음을 몰랐던 나는, 내 멋대로 다시 우뚝 일어섰다. 나는 이런 생각을 해본다. 나도 지금 당장은 아니더라도 언젠가 새로운 연인, 가능하면 나와 결혼까지 생각해줄 연인을 찾기만 하면 되는 거라고. 그랬더니 속이 편해지고, 긍정적인 마인드가 되었다. 이것으로 드디어 나도 분명히 에리나한테는 지지 않을 거라는, 밝은 미래가 보였다. 그래서 난 지금 기쁘고, 정말 기분이 좋다.

★《분게이文芸》 2014년 8월
★ 본 번역본은 저자의 요청에 따라, 단행본《10년 후의 일十年後のこと》(2016년 11월 출간)에 수정게재된 판본을 원문으로 하여 번역하였습니다.

오카다 도시키 단편집

견딜 만한 단조로움
耐えられるフラットさ

그의 고단한 평일이, 드디어 끝났다. 월요일부터 시작된 닷새라는 시간은 그에게 있어, 가만히 숨을 참은 상태로 미적지근한 물속에 잠겨 있는 것과도 같았다. 금요일 밤이 되면 겨우 물 밖으로 얼굴을 내밀고, 새로 공기를 들이마시는 것이 허락된다. 그리고 '고양'이라는 단어가 어울리는 기분이, 그를 찾아온다. 그 상태는, 일요일 밤까지는 아니어도, 그런대로 지속된다. 최근 그 고양되는 감각은 평일의 끝, 세밀하게 들어가면 금요일 점심시간이 지날 무렵부터 거의 자동적으로 생겼다. 이른바 파블로프의 개가 흘리는 침 같은 것이다.

그에게 있어 이번 주는, 다른 어떤 때보다도 힘든 한 주였다. 매일매일 밤늦게야 일이 끝났다. 그 덕에 완전히 나가떨어졌다. 하지만 그것은 다름 아닌 본인 탓이었다. 그가 요령이 없어서 그렇게 되어버렸기 때문이다. 그가 그 업무를 맡게 된 지 도대체 몇 년인가? 그런데도 좀처럼 요령이 생기지를 않는다.

이유는, 그에게 일에 대한 향상심이 없어서라는 게 명백했다. 그러나 직장 동료들은 그에게 아무 말도 하지 않았다. 충고든 욕이든 말이다. 왜 그러는지는 그도 쉽게 상상이 갔는데, 아마 모두 그에게는 가망이 없다고 봤기 때문일 것이다.

이런 심신의 피폐가 본인 책임이라는 것을 정확하게 파악하고 있다고 해서, 그로 인해 문드러지는 크기가 줄어드는 것은 아니다. 자기한테 잘못이 있으니까 할 수 없는 거라고, 빚이라도 진 듯한 감정이 온몸의 이 어두침침한 감각에 들볶이는 것을 막아줄 수도 없다. 그에게는 생각이 있었다. 만약 차라리 강제로 그렇게 된다면 얼마나 편할까? 지금 같은 상태에서, 그는 거의 한계였다.

그래도 그는 이날 직장에서 나와 자기 아파트로 곧장 가지 않았다. 오히려 그런 상태였기 때문에 더욱더, 곧바로 집으로 간다는 선택지는 처음부터 존재하지 않았다. 당연하다, 그렇게 살면 살아 있는 이유를 잃게 된다.

살아 있는 이유를 잃게 된다고? 이렇게 말하면 너무 거창하게 들릴지도 모른다. 하지만 의외로 그렇지가 않다.

그는 오늘밤 연극을 보러갈 거다. 왜냐하면 그 공연의 광고 전단에 이런 문구가 쓰여 있었기 때문이다. "이것은 이미 '연극'이 아닙니다. 남자와 여자가 선보이는 '리얼 퍼포먼스'

입니다!" 거기에 적힌 극단 이름을 보니, 처음 보는 이름이었다. 극장도 한 번도 가본 적이 없는 곳이다. 주상복합 빌딩 제일 꼭대기 한 층을 전면으로 터서 30~40명 정도가 들어갈 수 있게 만든 곳으로, 공연을 위한 얼터너티브 스페이스 같은 그런 장소다. 전단지에는 이렇게도 쓰여 있었다. "공연장 규모가 매우 작습니다. 서둘러 예약해주시기 바랍니다." 하지만 예약을 하려고 전화했을 때 받은 인상으로는 전화받는 쪽의 대응이 너무 서툴렀고, 설마 진짜로 예약 전화가 올 줄이야! 하고 놀란 것 같은 느낌마저 들었다.

그는 각진 배낭을 메고, 일터를 나와 지하철역 지상 출입구가 위치한 거대한 교차점을 향해 평소보다도 훨씬 빠른 걸음으로 간다. 그가 발걸음에 속도를 낸 것은 물론 본인의 의지이기도 했지만, 동시에 거의 무의식으로 그런 스피드가 나온 것이기도 했다.

지하로 내려갈수록 넓어지는 지하 공간, 그 안으로 계단을 뛰어 내려가는 그의 몸뚱아리는 자기가 느끼기에도 위험할 정도로 속도를 내고 있었다. 하지만 그는 제동을 걸지 않고 그대로 갈 길을 향했다. 개찰구까지 이어지는 지하통로는 천장에 매달린 형광등이나 벽에 쭉 늘어선 광고 형광판 빛으로 충분히 밝았고, 그래서 초라해 보일 정도였다. 그 지하통로를 돌진이라도 할 기세로 그는 쑥쑥 앞으로 나아갔다.

그의 이러한 움직임은 현재 그 안에서 작용 중인 '고양'

상태에 영향을 받은 것이었다. 그런 성큼성큼한 걸음이 바로 그의 고양을 표현해주고 있다고 볼 수 있었다. 그는 느낌 있게 몸을 흔들며 춤을 추지도, 목청껏 노래를 부르지도 않는다. 무엇보다, 옆에서 그를 보는 사람한테는 그의 성큼성큼한 걸음이 시원스러워 보이지도 않고 경쾌해 보이지도 않을 것이다.

자기 걸음이 생기발랄하지 않고 그저 걸신 들린 사람처럼 보일 게 분명하다는 사실은, 누구보다도 그가 제일 잘 알고 있었다. 그는 계속 뛰어 내려가 플랫폼에 도착했다. 머지않아 안내방송이 나왔다. "잠시 후 열차가 도착합니다." 처음에는 어둠 속에서 지하철 차체 선두에 있는 헤드라이트가 살짝 보였다. 이어서 열차 주행음이 들리고, 그 소리는 점점 커졌다.

잠시 후, 주행음에 비해 너무 소심한 바람을 일으키며 전철이 들어왔다. 열차가 멈추고 문이 열리고, 그는 그 안으로 쏙 들어갔다. 매일 출근할 때 타는 지하철이었다. 단, 이번에는 집에 갈 때와 반대 방향이다.

전철을 타고 보니, 숨이 차서 헐떡거리는 소리가 예상외로 울려 퍼졌다. 스스로 느끼기에도 시끄러울 정도였다. 승객들 대부분이, 그의 숨소리에 당연히 노골적이지 않고 무관심한 척했지만 상당히 명확하게, 싫은 내색을 하고 있었다. 하지만 겨우 그 정도로 무너져 내리지 않을 만큼, 그의 체내를 돌고 있는 '고양' 감각은 지속적으로 작용하고 있었다. 그는 전철 문 윗부분에 붙어 있는 노선도를 올려다봤다. 목적지까지 가는 길을 보려는 것이 아니었다. 그건 벌써 몇 번이나 확인해둔 상태였고, 완벽하게 머릿속에 들어 있었다.

여덟 번째 역에서 전철을 내렸다. 갈아타기 위해서다. 그가 갈 방향을 화살표로 표시해놓은 표지판 아래로, 환승역 플랫폼까지 350미터 거리라는 정보가 적혀 있다. 그 350미터를, 그는 아까처럼 돌진하듯 사람들을 추월하며 성큼성큼 걸어 나갔다. 이번에 탄 전철은 두 번째 역에서 내렸다. 거기가 오늘 밤에 갈 극장에서 제일 가까운 역이었다. 플랫폼에 발을 내딛자마자 그는 다시 속도를 냈다. 교통카드를 개찰구 터치하는 곳에 가져다 대는 데에도 너무 힘이 들어가서 그 소리에, 아주 잠깐이었지만 주위 사람들의 이목이 그에게로 집중되었다. 구불구불하게 생긴 에스컬레이터로 지상까지 올라가는 동안 그는, 걸어 올라가는 사람들을 위해 비워둔 에스컬레이터의 오른쪽으로 쭉쭉 올라가 역 밖으로 나왔다.

상식적으로 봤을 때 가는 길에 편의점 한두 개는 있을 거라고 생각했다. 예상대로 있었고, 그는 거기서 페트병에 담긴 물을 샀다. 그 물을 연거푸 마시며 그는 걸었다. 그리고 주상복합 빌딩이 서로 밀치며 서 있는 것 같은 이 일대로 들어왔다. 처음 와본 곳이었지만 그래도 의외로 헤매지 않고 잘 왔다. 우연히 빌딩 하나가 눈에 들어왔는데, 다소 때가 긴 유리문 옆에 걸린 간판에 그가 가려던 빌딩 이름이 적혀 있었다. 유리문을 밀고 안으로 들어갔다.

로비는 좁았다. 로비라고 부르기도 뭐했다. 겨우 몇 발짝 떼니 엘리베이터 앞이었다. 엘리베이터를 기다리고 있는데 잠시 후 또 한 사람이 들어와 그 바로 뒤에 섰다. 남자였고, 음악을 듣고 있었다. 이어폰에서 노랫소리가 새어 나와서가 아니라, 그냥 존재 자체로 음악을 듣고 있다는 기운이 풍겼다. 그 남자도 그와 똑같은 것을 보러 온 것이었다. 엘리베이터가 왔다. 그래 봤자 딱히 의미도 없지만, 그는 문이 다 열리기도 전에 몸을 슬라이딩하듯 안으로 밀어 넣었다. 엘리베이터 벽 앞에서 방향을 뒤집어 그 남자를 본 순간, 그는 놀랍기도 하고, 굉장히 이해가 간다 싶기도 했다. 그는 그 남자가 자기와 너무 닮았다고 생각했다. 나이대도 같았다. 외모가 헷갈릴 정도로 똑같은 것은 아니다. 단, 사람을 계열로 분류했을 때, 둘은 완벽하게 같은 계열이었다. 엘리베이터는 중간에 멈추지 않고, 두 사람을 태우고 7층까지 한 번에 올라갔다. 도착해서 문이 열렸다. 그는 엘리베이터 문을 연 채로 두려고 열림 버튼을 누르고, 동승자를 향해 애매한 얼굴을 내밀었다. 그리고 동승자에게 인사를 하려는지 말려는지 머리를 약간 숙일 것처럼 하고, 먼저 나가라는 듯한 몸짓을 했다. 그리고 거의 무의식으로 왼손이 앞으로 나가기도 했다.

그러자 동승자는 그가 지금 했던 행동을 그대로 반복했

　　　　　　　　　　　　　오카다 도시키 단편집

다. 즉, 아주 조금 머리를 숙이는 것 같은, 닭이나 비둘기가 걸으면서 내는 목의 동작과 똑같은 동작을 했다. 동승자는 먼저 엘리베이터를 내렸다.

문이 열리고 그 앞에 펼쳐진 공간은 1층 '로비' 테두리를 한 바퀴 도려낸 것처럼 좁았다. 벽에 붙어 늘어선 접이식 철제 의자에, 20대 중반인 여자 두 명이 앉아, 이쪽을 보고 있었다. 두 사람은 "어서오세요" 했다. 두 사람 앞에는 긴 접이식 책상이 놓여 있었다. 종이에 꽉 차게 큰 글씨로 '티켓'이라고 출력한 평범한 A4 용지를, 책상의 상단 중앙부에 셀로판테이프로 고정시켜, 종이가 책상 앞으로 달랑거리게 만들어놓았다.

엘리베이터 동승자였던 남자가 좌석을 배정받는 동안, 그는 뒤에서 기다렸다. 두 여자 중 한 명은 얼굴이 갸름하고 턱이 나왔다. 꽃무늬 원피스를 입고 있었다. 다른 한 명의 얼굴은 대조적으로 옆으로 길었다. 초록색 두툼한 테로 된 안경을 썼다. 옷은 블랙 톤이었다.

그가 멍하니 있어서 그랬는지, 앞에 선 남자는 금방 티켓을 받았다. 그의 순서가 됐다. 그는 자기 이름을 말했다. 책상 위에 엑셀 서식으로 정리된 예약자 리스트가 있었다. 그중에 가타카나로 적힌 그의 이름을, 그는 그녀들보다도 먼저 발견했다. 여기 있다고 알려주려고 하는데, 바로 그 직전에 블랙 톤에 초록 안경을 쓴 여자가 "아, 이건가" 하고 조그만 소리로 말했다. 그녀는 그의 이름 위에 핑크색 형광펜으로 표시

했다. 그리고 "3500엔입니다" 하고 말했다. 그는 그만큼을 지불했다.

이미 예상한 바였지만, 극장 안으로 들어가보니 안은 꽤 좁았다. 어두컴컴했는데 벽 한 면이 검은색이라는 것은 알 수 있었다. 천장은 2미터 조금 넘을까 말까 한 정도밖에 안 되었다. 객석 쪽에는 한 열에 철제 의자가 열 개쯤 놓여 있고, 그것이 총 4열이었다. 바닥은 전체적으로 검은 리놀륨 시트를 새로 깔았다. 객석과 무대가 바닥 소재가 다른 것도 아니고, 단차가 있는 것도 아니었다. 무대 위에는 세트나 소품도 전혀 없었다. 무대 뒤쪽으로 커다란 흑막이 걸려 있고, 무대 양 사이드용 막이 달려 있었다. 그게 다였다.

그가 보기에 이미 객석에 앉아 있는 사람이 세 명 있었다. 세 사람 모두 서로를 의식해 적당히 거리를 두고 앉아 있다. 그건 마치 어떤 법칙 같은 것이 있어서, 자연스럽게 그 법칙에 따른 것처럼 보였다. 그중 한 명은 엘리베이터 동승자였던 남자다. 지금 마침 맨 끝 줄 오른쪽 자리를 잡고 앉아, 굼실굼실 가방을 내려놓고 휴대전화 전원을 끄려던 참이었다.

당연히 그 역시 이 법칙에 따라 자리를 정하기로 하고, 두 번째 줄 한가운데로 가 앉았다. 자동으로 그 자리에 이끌렸기 때문이다. 그는 휴대전화로 시간을 확인했다. 공연이 시작되려면 아직 15분이나 남았다. 그렇다면, 이렇게까지 급하게 뛰어올 필요가 없었다는 것이 된다.

그는 각진 배낭에서 책을 꺼냈다. 서점 직원이 종이 커버를 씌워준 책이었는데, 한나 아렌트의 《인간의 조건》 문고판이었다. 철제 의자 아래로 배낭을 눕혀 넣은 뒤, 그는 《인간의 조건》에 끼워둔 책갈피를 집어 그 페이지부터 읽기 시작했다.

아렌트에 따르면, 인간의 기본적인 활동력에는 세 가지가 있다. 첫 번째는 생명을 유지하기 위해 행하는 것으로, 이것은 '노동'이라 불린다. 두 번째는 인간의 생명보다도 길게 지속하는 것, 즉 사업이나 작품과 같은 어느 정도 영속성을 지닌 것을 위해 행하는 것으로 이것은 '일'이라고 불린다. 그리고 세 번째는 '활동'이다. 그런데 그는 이 활동이라는 것이 도대체 무엇인지 아무리 봐도 이해가 잘되지 않았다. 그가 지금 막 읽고 있는 부분은 '노동'에 대해 논하는 제3장이었다. 제4장은 '일', 제5장은 '활동'이 논술의 중심이었다. 그리고 《인간의 조건》은 총 6장으로 된 책이었다.

그는 이때 글자를 눈으로 좇고 있기는 했지만, 내용은 그다지 머릿속으로 들어오지 않았다. 새로 온 관객들이 뜨문뜨문 극장 입구에 나타날 때마다 그쪽으로 눈이 가 책에서 얼굴을 들었다. 그리고 새로운 관객이 어느 자리를 잡는지 지켜봤다. 관객은 전원 남자였다. 그리고 전부 혼자였다.

그러니까 그는 그런 그들 중 한 명에 지나지 않는 것이다.

공연이 시작할 시간이 된 시점에서, 총 40석 가까운 철제 의자들은 3분의 1도 차지 않았다. 그 후 5분 동안, 세 명이 더 왔다. 그들도 역시나 모두 남자였고, 혼자였다.

드디어 조명이 천천히 어두워지고, 곧 시작이라는 것을 눈치 챈 그는, 결국 겨우 한 페이지 넘기고 거기까지밖에 못 읽은《인간의 조건》에 허둥대며 책갈피 줄을 껴놓고 책을 덮었다. 몸을 굽혀 각진 배낭을 찾아, 여기는 책 넣는 곳이라고 정해둔 지퍼 달린 포켓에 어슬렁어슬렁 쑤셔 넣었다. 잠시 후, 극장은 완전히 어두워졌다. 그사이, 그는 고쳐 앉았다. 엉덩이 위치를 아주 약간이긴 하지만 살짝 뒤로 가져갔다. 그리고 철제 의자의 등받이에 최대한 등이 많이 닿도록 자세를 취했다. 그래도 아직 무대는 밝아지지 않았고, 그래서 이번에는 양팔을 머리 위로 올려 스트레칭을 해보기도 하고, 그 자세를 유치한 채 상체를 좌우로 왔다갔다 해보기도 했다.

그러는 사이 그가 생각했던 것은, 자기가《인간의 조건》을 읽는 것 같으면서도 전혀 안 읽었다는 것이었다. 내용 따위 거의 아무것도 머리에 들어오지 않는 상태에서, 시선을 글자 위로 굴리고 있을 뿐이었던 것이다. 그는 그런 자신에게 마음 깊이 넌더리가 났지만, 이러는 게 처음 있는 일도 아니지 않나, 새삼 깨닫기도 했다. 그는, 눈을 세게 감았다. 어둠 속이었기 때문에, 눈앞에 보이는 것 하나도 변한 것이 없었다. 그러나 그런 건 그다지 큰 문제가 아니었다. 이때 그는 이런 생각을 하고 있었다. 꼭 감긴 눈을 경계면으로 그 너머에

오카다 도시키 단편집

펼쳐진, 이쪽과는 딴 세상 같은 그곳으로, 여기서 휙 뒤집어서 자신의 존재 모든 것을 옮겨버리고 싶다고.

이때, 오래 지속되던 암전 상태가 겨우 끝났다. 무대 위가, 천천히 밝아지기 시작했다.

우선 그가 알 수 있었던 건, 무대 위에 사람 그림자가 두 개 있다는 것이었다. 두 그림자는 1미터 수십 센티미터 정도 거리를 두고 나란히 있었다. 양쪽 다 거의 움직이지 않았다. 그렇다고 얼어붙은 것처럼 미동도 안 하고 있는 것도 아니었다. 무엇을 하는 것도 아니고 그냥 잠시 멈춰 있다는 느낌이었다.

그러다가 그는, 그 그림자 주인의 성별이 궁금해졌다. 한쪽이 남자라면, 다른 한쪽은 여자일 테니 말이다. 두 그림자는 키도 몸집도, 거의 같은 크기였다. 밝아지는 속도는 아주 느릿느릿했다. 그래도, 오른쪽이 남자고 왼쪽이 여자라는 것을 차츰 알 수 있었다. 두 사람은 몸을 서로 마주보고 있었다. 하지만 서로 바라보고 있는 건 아니었다. 이따금 서로를 바라보게 되기는 했으나, 그건 길어야 4, 5초 정도였다. 몇 초에 그치지 않고 조금 더 오래 바라봤다면, 두 사람은 금방이라도 몸을 붙여서 시시덕거릴 것이 틀림없었다. 두 사람이 그런 관계일 것이라는 건 틀림없어 보였다. 아니면 이제부터 그런 관계가 될 거라는 것을 전제로 이렇게 서로 마주하고 있는 것일지도 모른다. 그렇지만 그런 관계가 되기 직전에 둘 중 하나가, 대부분의 경우는 남자 쪽에서였는데, 눈을 돌려버렸다. 그리고 외면한 시선은 주위, 예를 들면 바닥 위를 떠돌거나, 무대 뒤 조명이 닿지 않는 부근이나, 천장의 조명기기 사이를 힐끔힐끔 두리번거렸다. 다만, 두 사람의 시선이 객석 쪽으로 다가오는 일은 결코 없었다.

단지 그러고 있을 뿐 아무 일도 일어나지 않는 상태가, 쭉 이어졌다. 1분 이상 경과했는데, 아무 변화도 전개도 일어나지 않았다. 그러면서 이 둘은 이미 상당히 긴 시간 동안 이러고 있다는 느낌을 풍기고 있었다. 즉, 이 두 사람은 실제로는, 1분 반 정도 전에 암전 중에 무대 위로 올라와 이렇게 서로 마주하고 있었다는 것인데, 그런 것과는 다른 차원으로서, 관객이 받은 인상은 몇 분이나 몇 시간, 며칠이나 몇 년 같은, 측정이나 비교가 가능한 길이를 말하는 게 아니라 시간 그 자체에 포함된 길이라는 요소가 그대로 드러나, 그런 분위기가 든다는 식으로 감지되는 길이를 말하는 것인데, 그런 길이의 감각이 두 사람이 이렇게 몸을 마주하고, 그러나 거의 서로 바라보지는 않으며 시간을 보내는 이 무대 위에는 이미 존재해 떠돌기 시작한 것이었다. 그는 자신이 지금 실제로 탐지하고 있는 그 길이의 감각과 무대가 밝아지고 나서 아직 겨우 1분 정도밖에 지나지 않았다는 사실 사이의 너무나 분명한 차이를 앞에 두고, 어느 것을 믿어야 할지 알 수 없어서 현기증이 나는 것 같았다. 하지만 물론 이건 뭘 믿고 안 믿고의 문제가 아니었다. 어쨌든 이런 느낌이, 겨우 1분 만에 조성될 수 있는 것이다.

어쩌다 몇 초간 두 사람 사이에 시선이 오고가는 것을 보고 그가 생각한 것은, 그 시선이 어느 한쪽으로 기울지 않고 수평으로 오가고 있다는 것이었다. 그러니까 두 사람의 키가 같다는 의미였다. 무대 위에 있는 사람의 실제 키가 어느 정도인지 그는 가늠할 수 없었지만, 두 사람의 키가 같다는 건 남자가 비교적 키가 작은 편일지도 모르고, 여자가 키가 큰 편일지도 모른다는 말이다. 때로는 무대가 사람을 실제보다도 크게 보이게 만든다. 하지만 때로는, 작게 보이게 만들 때도 있다. 그는 여자의 발밑을 봤다. 여자는 굽이 높은 구두를 신고 있지는 않았다. 여자가 신고 있었던 것은 스니커였다. 조명이 어두운 데다 원래부터 자연광은 아니기 때문에 색깔을 구분하지가 쉽지 않았지만, 아마도 그것은 핑크색 스니커 같았다. 측면에 박힌 나이키 마크는, 아무래도 금색 같았다. 설마 그냥 칙칙한 흙색은 아닐 테니까.

여자는 스니커 안에, 복사뼈까지 못 미치는 길이의 이너삭스를 신고 있었다. 그가 그곳으로 의식이 간 것은, 여자가 문득, 오른다리 무릎부터 발끝까지를, 그러니까 허벅지 뒤쪽과 종아리가 붙을 정도로 들어 올리더니, 오른손 검지와 중지를 신발 속으로 쑤셔넣어, 한쪽 다리로 선 자세로 이너삭스를 고쳐 신는 듯한, 혹은 발을 긁는 듯한 행동을 했기 때문이었다.

두 사람 모두 거북하고, 무료해 보였다. 그래서 여자는 발이 가려워진 것 아닐까? 그리고 또 여자는 몸 앞에서 양손을 깍지 꼈다가 바로 풀어버리고, 무릎 관절에 손바닥을 댔다가 바로 떼고, 어깨를 움츠렸다가 팔꿈치나 목 부근을 잽싸게 몇 번 긁어댔고, 아까 이너삭스 안에 쑤셔넣었을 때처럼, 검지와 중지로 안경이 코에서 흘러내리려 하는 것을 바로잡았다. 여자는 안경을 쓰고 있었다. 안경의 프레임도, 스니커와 마찬가지로 핑크색이었다. 여자는 머리가 길고 그것을 뒤에서 하나로 묶었는데, 거기에 쓴 슈슈 머리끈도 핑크였다.

한편 남자는 언뜻 봐서 여자보다 훨씬 동작이 적었다. 그렇다고 여자보다 차분해 보인 것도 아니다. 오히려 남자 쪽이 뭘 하면 좋을지 모르겠어서 상당히 난감해하고 있어, 한심스럽게 비춰지고 있었다고 볼 수도 있다. 서로를 바라보는 이 행위는 어쩐지 남자가 완벽하게 열세에 몰린 느낌이었다. 애초에 이건 승부도 뭣도 아니지만 말이다. 남자는 머리카락을 밝게 탈색했다. 아마도 금발일 것이다. 그 금발로 보이는 탈색된 앞머리 정중앙 즈음에 완만한 활 모양으로 약간 뭉친 가닥이 있어서, 절묘하게 드리워진 그곳이 신경 쓰였다. 남자는 무슨 일이 있을 때마다 그 부근을 손가락으로 만지고, 상태를 확인하고 살짝 손을 보다 괜히 건드려서 오히려 흐트러진 것을 원래대로 되돌리곤 했다. 그리고 또 남자는 뒤통수 언저리를 손톱을 세워 조잡하게 북북 몇 번 긁기도 했다. 남자가 하는 행동은, 이 두 가지가 거의 다였다.

그런 식으로 두 사람이 마주 보고 무얼 하는 것도 아닌 상태가, 계속 이어지고 있었던 것이다. 여기까지 얼마만큼의 시간이 경과했을까? 5분이라고 하면 그런 것 같고, 15분이라고 해도 그럴지도 모르겠다고 생각할 것 같다. 정확한 시간은, 그는 모른다. 남자도 여자도 말 한마디 하지 않았고, 이 상태는 계속되고 있었다. 다음 전개로 넘어갈 것 같은 기미도 없다. 맨 처음에는 무대 위의 어색함, 무대 위에서 이렇다 할 어떤 일도 일어나지 않는다는 것이, 퍼포먼스로서 긴장감으로 결실을 맺는 것처럼 느껴졌다. 그러나 이것이 지속되면서, 두 사람 사이의 어색함은 점점 더해지기만 하고, 퍼포먼스의 긴장감은 점점 희미해질 뿐이었다. 객석에서 침착성을 잃고 부들부들하는 소리가, 여기저기서 들려오기 시작했다. 언제까지 이 지루한 상태가 계속되는 걸까? 대체 이런 것을 언제까지 보고 있어야 할까?

어디선가 샘솟은 그런 의문은 점차 일정한 양에 달하더니 곧 그것을 초월해, 결국 누가 봐도 그 존재가 명백하게, 극장 안을 연기처럼 떠돌기 시작했다.

그런 공기에 무대 위의 남자와 여자도 영향 받지 않을 수는 없었을 것이다. 더 민감하게 부담을 느끼고 곤혹스러워하고 초조한 모습을 보인 건, 여자 쪽이었다. 여자는, 뒤로 묶은 머리의 핑크색 슈슈 머리끈 위치보다 더 아래 머리카락 끝에 가까운 부근을, 오른손으로 쥐었다. 그리고 잡은 머리카락을 세게 당겼다. 분명 두피에 아픔이 느껴졌을 거다. 그 아픔으로, 자기한테 무슨 일이든 일어나게 하려는 것처럼 보였다.

여자는 계속, 움켜쥔 머리카락 다발을 무슨 기계 조작 레버를 들어올리기라도 하는 것처럼, 힘껏 위로 올렸다. 그러자 여자 얼굴은 바닥을 향하는 모양이 되었다. 여자의 얼굴은 그렇게 당분간 고개를 숙인 상태가 되었다. 이 시점에서는 그 모습은 무슨 생각을 하고 있는 것 같다고 할 정도밖에 추측되지 않았다. 여자는 잠시 후, 움켜쥔 머리카락 다발에서 오른손을 뗐다. 그리고 고개를 들어 남자를 봤는데, 이때 여자는 마침내 그전까지와는 다르게 물끄러미, 남자의 얼굴을 바라봤다. 여자가 어떤 각오를 하고, 결의에 차 그런 행동을 하는 것 같다고, 그는 간파했다. 그리고 그 각오와 동등한 무언가를, 눈앞의 남자에게 요구하려 하고 있다는 것도 역시 간파할 수 있었다. 이렇게나 강렬하게 응시하는 행동에 대한 망설임이나, 부끄럽고 바보 같아서 그만두고 싶어지는 기분이 아무래도 여자에게 전혀 없지는 않을 것 같았다. 하지만 여자는 지금 그런 마음을 필사적으로 억누르고 없애려는 것 같았다. 조금 전까지 고개 숙이고 있던 시간, 또 머리카락 다발을 세게 잡아당기던 시간은, 이렇게 물끄러미 남자를 응시하기 위한 준비시간, 즉 이걸 시작하기 위해 마음의 준비를 해두는 데에 할당된 시간이었던 것은 아닐까?

남자는 기습공격을 당한 꼴이 되었다. 남자는 평정을 가장하려는 듯했다. 하지만 동요하고 기가 꺾이는 것이 다 보였다. 남자의 동요, 다시 말해 주눅은 남자의 몸에 흡사 한기로 작용하고 있는 듯했다. 남자의 몸은 떠는 것처럼도 보였다.

남자는 여자의 응시 속에, 무슨 방법을 쓰든 여기에 대응해서 답해주길 바라는 여자의 요구도 포함되어 있다는 것을 헤아리지 못하는 것은 아닌 것 같았다. 그런데 실제로 남자는 기가 죽어서 손을 쓸 엄두도 못 내고 있었다. 여자를 보는 것조차 제대로 못 하고 있었다. 자연스레 고개를 계속 숙이고, 여자의 시선을 전혀 알아차리지 못하는 척하기까지 한다. 그건 너무 뻔해서 보고 있자니 노골적일 정도였다. 여자가 자기를 향하는 만큼의 강렬한 시선을 되받아칠 능력도, 기력도, 혹은 집중력도, 남자에게는 명백하게 결여되어 있었다. 하긴, 이건 눈을 크게 딱 뜨면 그걸로 되는 그런 단순한 것이 아니다. 눈을 크게 뜨다 보니, 남자는 곧 눈이 건조하다는 사실을 의식하고 만 것 같았다. 그걸 견디지 못하고 싱겁게, 남자가 눈을 깜빡였다. 그리고 일단 눈을 깜빡이니, 그때부터 곧바로, 계속 버텨보려던 의지가 시들어 꺾이고 만다. 그러자 이제 여자를 보는 건, 도저히 못 할 정도는 아니지만 어쨌든 못 한다고 말하는 것처럼 눈빛이 요동치는 것이었다. 그렇다고 이렇게 여자가 보고 있는데 맥없이 외면해버릴 수도 없다. 그래서 남자는 또 여자를 볼 수밖에 없는 것이다. 여자는 아까부터 조금도 변함없는 강렬한 시선으로 남자를 계속 바라보고 있다. 눈을 깜빡이는 빈도가 줄어드는 것 같기까지 했다. 조금 전까지는 다소 주저하는 모습이나 쑥스러움이 묻어났지만, 이제는 그런 건 완전히 사라지고 상당한 박력까지 더해져 있었다. 그 정도의 박력을 눈앞에 두고, 남자는 자기가 이렇게 비참한 인간이라는 것을 깨닫게 된 것 같았다.

게다가 남자는 이때 너무 동요한 나머지 돌이킬 수 없는 실수를 저지르고 말았다. 손으로 앞머리를 몽땅 쓸어 올려버린 것이다. 그때까지 신경질적으로 유지되고 있던 남자의 앞머리, 그 절묘한 커브와 델리케이트하게 드리워진 모양은, 남자의 행동으로 인해 한순간에 붕괴되고 말았다. 그것은 완전히 무의식중에 저지른 과실이었다. 이제, 어쩔 도리가 없었다.

그때 남자가 보인 표정은 희화적일 정도로 멍청해 보였는데, 그때까지 남자의 모습에서는 상상할 수 없는 완전히 무방비한 것이었다. 남자는 그러고 나서 바로, 이번에는 아주 정반대로, 얼굴을 찌푸렸다. 마치 이 표정으로 방금 전의 멍청한 얼굴을 상쇄시키기라도 하려는 것 같았다. 하지만 그게 가능할 리가 없다. 남자는 찌푸린 표정을 끝내고 그다음에는 아무 일도 없었다는 듯이 이전의 무표정으로 돌아왔다. 그리고 다시 두 사람이 마주하고 있기만 하는 시간이 무대 위에 펼쳐졌다. 남자의 지금 무표정이 차분한 느낌을 조성하지는 않았다.

오히려 그 반대의 효과를 주었다. 그냥 꼼짝없이 자리에 서 있는 것이, 이 무표정으로 인해 강조되기만 할 뿐이다.

그런데 여자가 남자를 물끄러미 보고 있는 그 강렬함에 남자가 어떤 응답도 하지 않는다는 점에 있어서, 사태는 아직 뭐 하나 진전되지 않고 있었다. 유야무야해버릴 수는 없었다. 남자는 눈알이나 굴리고 있을 때가 아니었다. 똑바로 바라보기를 다시 도전하든지, 아니면 그 이상의 무언가를 시도해야만 했다.

여자와 관객이 자기에게 무엇을 기대하고 있는지, 남자가 전혀 모르고 있는 건 아니었다, 그건 명백했다. 그 기대란 결국 남자 쪽에서 뭔가를 적극적으로 하는 것이다. 갑자기 밀어 넘어뜨리라는 것이 아니다. 예를 들면, 손을 뻗어서 여자를 건드리는 것 같은 지극히 단순한, 그리고 소프트한 것도 괜찮다. 우선은 손을 건드려보는 것도 괜찮고, 어깨도 좋다. 볼이나 이마나 목덜미를, 한술 더 떠 입술이나 가슴을 만지라는 게 아니다. 그런 곳은 적당한 수순을 밟고 조금씩 도달하면 된다. 불과 한발이라도 좋으니까, 남자 쪽에서 여자에게 접근해 거리를 좁히는 것도 좋다. 초점이 안 잡힌, 요동만 치는 시선을 누르고, 여자 쪽으로 돌아서서 그대로 똑바로 바라보며, 여자의 시선을 같이 버티도록 다시 시도해봐도 좋다. 여자는, 맨살 위에 바로 면 셔츠를 입고 있었다. 흰 바탕에 검은색인지 감색인지 폭이 가는 가로줄이 들어간 니트 천이었다. 그 가로줄은 목에서 가슴 위까지는 약간 넓은 간격으로 되어 있었고, 아랫단으로 내려갈수록 간격이 좁아졌다.

남자는 이때도 역시, 아무것도 안 하려고 했다. 그다음으로 넘어가는 것은 이번에도 여자였다.

여자는 먼저, 자기 허벅지와 엉덩이 부근을 몇 번 세게 문질렀다. 그리고 양손 손바닥을 뒤통수나 목 아래쪽으로 가져갔다. 손바닥 살로 뒷덜미를 쓰다듬으려는 움직임도 있었다.

그다음에는, 의식적이면서 집중적으로 양팔에 들어간 힘을 빼기 시작했다. 여자는 뒷덜미 부근에 가져가댔던 손을 떼었다. 그리고 양팔을 치렁치렁 늘어뜨려 그대로 흔들흔들, 잔 진동을 만들었다. 잠시 그러는 동안 팔의 경직, 그리고 밖에서 봐도 알 정도로 옥죄이던 느낌이 꽤 많이 사라져갔다. 그리고 어깨에서 팔이 축 늘어져 흔들거리게 내버려두었다. 그러는 동안 남자는, 여태까지 그랬던 것처럼 아무것도 하지 못하고, 여자에게 쓸 만한 얼굴도 보여주지 못한 채로 거기에 어색하게 서 있었다. 그리고 여자는 양팔이 완전히 풀린 것을 느끼고, 남자에게 다가갔다. 이제 거드름 피우지 말고 당당하게 가보자는 느낌으로. 이제 두 사람 사이의 거리는 50센티미터 정도가 되었다.

여자는 그 지근거리에서 남자를 잠깐 동안, 지긋이 바라봤다기보다도 살짝 따지는 듯한 느낌을 섞어가며, 힐끔힐끔 둘러봤다. 하지만 그건 5초도 안 되어 끝났다. 아마 아무리

힐끔거려도 남자가 자신에게 무슨 행동을 할 리 없다는 것을 이미 알고 있었기 때문일 것이다. 여자는 오른팔을 뻗어 남자의 머리카락을 스쳤다. 정수리 근처를, 날렵하게 잡아 올리듯이. 조명은 더 밝아졌고, 색깔은 정확하게 알아볼 수 있게 되어, 남자의 머리가 역시 금발이라는 건 이제 확실해졌다.

그다음 여자는 머리에서 손을 떼고, 마치 로봇 팔을 흉내 내는 것처럼, 쭉 뻗은 팔을 그대로 내리더니, 이번에는 남자의 왼손을 만졌다. 남자의 손은 손바닥을 위를 향하고 있었다. 마치 돈이나 음식 같은, 그런 절실한 것을 요구하는 포즈로 보이기 쉽게 어정쩡하게 뻗은 남자의 팔은 한동안 그 모양을 유지하더니, 잠시 후 손바닥을 뒤집어 손등이 위를 향하게 만들었다.

손바닥이 휙 뒤집히는 모습은, 마치 여자와 남자가 서로 맞춰 그 타이밍을 정해놓은 것처럼 보였다. 손등이 위로 가는 것을 기다렸다가 여자는 검지만 세우고 나머지 손가락을 접었다. 그리고 검지 안쪽 살이, 남자의 손가락 끝, 왼쪽 중지의 손톱 윗부분에 닿았다. 거기를 꾹 눌렀다는 게 아니라, 아슬아슬한 만큼만, 스친 건지 아닌지 애매할 정도로. 그 아슬아슬함을 계속 유지하며, 여자의 손가락은 천천히 남자의 손가락 위를 더듬어 올라갔다. 뼈가 앙상한 손가락의 등 부분을 타고 올라갈 때의 감촉을, 남자는 때론 눈을 감고 때론 눈을 뜨고 느끼고 있었다. 남자는 여자의 손가락이 조금이라도 뻗어가기 편하게, 손목을 굽히고 손등 각도를 가능한 한 여자에게 수직이 되도록 해주었다. 그런 몸짓은 객석에 앉아 있는 그의 눈에는, 남자가 더 어루만져주기를 바라는 것으로밖에 안 보였다. 남자는 펼쳐놓은 손에 살짝 힘을 주었다. 그렇게 해서 조금이라도 근육을 더 또렷하게 도드라지게 만들었다. 그러자 남자의 손가락 등 부분의 두 번째 관절의 약간 오목한 곳, 그리고 그 오목한 부위를 감싸는 주름이 드러났다. 여자의 손가락은, 손가락뼈가 튀어나오는 부분 위를 타고, 그 오목한 부분의 위도 지나갔다. 그리고 손가락과 손바닥의 경계 부근까지 가서 손등 표면을 지나 손목이 있는 곳까지 갔다. 거기서 중지의 길은 끝이 났고, 여자의 검지는 그곳을 떠나 다음 손가락으로 옮겨간다. 여기서 다음 손가락이란, 약지였다. 약지의 손톱 위로, 여자의 손가락은 날아올랐다. 그리고 또 천천히 앙상한 손가락 위를 타기 시작한다.

약지를 끝으로 여정이 끝나자, 이제 여자의 손가락은 새끼손가락 손톱 위로 갔다. 그리고 작은 손가락의 능선부터 손등을 향해 어루만져갔다. 그다음에는 엄지였다. 엄지도 끝나고, 손가락 다섯 개 중에서 마지막으로 남은 건 검지였다. 검지 다음에는 다시 중지가 되었다. 그래서 이 일련의 무슨 의식과도 같은 것은 드디어 끝이 났다. 그사이 남자에게서는, 점점 쾌감을 참고 있는 것 같은 표정이 보이는 것 같았다. 그건 보고 있기 힘든, 볼썽사나운 얼굴이었다. 남자는, 언제부

턴가 오른팔을 허리에 두고 있었다. 그리고 허리를 앞으로 누르거나 등을 뒤로 젖히면서, 여자가 자기 손을 덧그리게 내버려두었다. 남자는 중간에, 허리에 대고 있던 오른손을 휙 돌려서 손바닥을 위로 향하게 하고, 거꾸로 손을 쥐었다. 그로 인해 남자의 팔꿈치는 전보다 더 튀어나왔고, 허리도 더욱 밀려나왔다. 그리고 또 남자는 턱을 쭉 잡아당겼다. 마치 기념사진 촬영 직전에 사진작가의 말을 듣고 그렇게 하는 것처럼 말이다.

이것이 그가 본, 쾌감에 몸을 맡긴 남자의 모습이다. 왜 이런 것을 보고 있어야 할까? 그는 알 수가 없었다. 굉장히 어이가 없어지기 시작했다. 남자의 쾌감은, 여자의 손가락이 스치는 살 한 점에서 시작되어 남자의 몸 전체로, 신경회로를 통해 단숨에 흘러가는 것처럼 보였다. 아니면 하나로 연속된 살 전체를 물들이는 것처럼, 전신을 향해 순식간에 그 쾌감이 퍼져가는 것 같았다. 그런 식으로 남자가 만족스러워하는 모습은, 그를 진절머리 나게 만들 뿐이었다. 애당초 왜 이런 걸 보러 온 것일까?

남자는 여자의 팔꿈치 윗부분과 가슴 근처로 자꾸만 시선을 두었다. 남자의 의식은 티셔츠의 무늬 쪽을 향할 때도 있고, 이렇게 옷으로 덮인 육체 쪽을 향할 때도 있어, 그 둘 사이를 끊임없이 흔들거리며 나부끼고 있다. 면 티의 줄무늬 간격이 위에서 아래로 빼곡하게 쭉 이어지는 것은 굉장히 단순한 것임에도, 남자에게 일종의 착각 같은 것을 불러일으키고 있었다.

　이때 그는 이미 행해지고 있는 이 퍼포먼스 때문에 잡쳐버린 기분에, 더욱 결정적인 연타가 가해졌다는 것을 깨달았다. 문득 시선이 머문 곳에서 알게 되어버린 것이다. 남자는 지금, 발기해 있었다. 남자가 기묘하게 몸을 움직이고 있던 이유가 바로 그거였다. 남자는 표면이 희미하게 광택이 나게 가공 처리된 치노팬츠를 입고 있었다. 옷감은 짙은 감색이었다. 퍼포먼스가 시작되었을 무렵과 비교하면, 무대를 비추는 조명의 광량도 꽤 많아졌다. 그래서 그 치노팬츠가 검은색이 아니라 짙은 감색이라는 것이, 지금은 확실했다. 그리고 그 짙은 감색 능직 무늬 천으로 된 사타구니 부근의 당겨진 상태는, 평소와 달라 보였다. 남자의 상반신은 밝은 색 반팔 셔츠였다. 옷깃을 크게 열어둔, 개방적인 셔츠였다. 남자의 쇄골과 목 근처는 붉은 색을 띤 반점이 몇 개 보였는데, 그 붉은 정도가 남자가 느끼는 쾌감의 정도와 상관이 있어 보였다. 남자는 조금만 더 하면 헐떡거리는 소리를 낼 기세였다. 그것을, 온 힘을 다해 참고 있는 것 같았다. 그리고 눈을 감지 않고서는 못 있을 것 같기도 했다. 남자는 여자의 손가락으로부터 전해지는 것 같은 쾌감에 처음부터 그렇게까지 당한 것은 아니었다. 눈을 뜨고 있는 것도 하나도 어렵지 않았다. 자기 손과 손가락 위치를 똑똑히 볼 여유도, 또 여자의 손가락이 그 위를 타고 가는 모습을 눈으로 쫓을 여유도 있었다. 그땐 여자의 손가락이 자기 피부에서 떨어지면 순간 거기에 대응해서 손등을 만지는 그 느낌도 사라진다는, 그 두 개의 완벽한 일치를 확인하며, 남자는 지극히 당연한 그 사실에 대해 새삼 감탄하기도 했다. 눈을 감을 때가 있기는 했지만, 그건 어쩔 수 없이 그렇게 된 것이 아니라, 선택해서 취하는 행동이었다. 여자의 손가락이 손등에 닿을 때, 그리고 그 손가락이 가버리는 순간, 눈으로 그걸 보지 않은 채로 그 행동들을 맛보면, 여자가 손가락 끝을 자기 손등에서 떼는 그 순간의 윤곽이 겹겹으로 흔들리는 것같이 느껴졌다. 감촉이 사라졌다는 것을 순간적으로 알았을 때, 하지만 그 인식이 틀렸다는 것을 바로 그 직후에 알게 될 때가 있다. 아니면 그 반대로, 계속 만지고 있는 줄 알았는데 실은 손가락이 어느새 가버렸다는 것을 뒤늦게 알 때도 있다.

그러나 이제는 그럴 여유는 없어진 것처럼 보였다. 남자는 이를 악물지 않고서는 못 버틸 것 같았다. 이를 악물지 않으면, 자기 몸 여기저기에 난 구멍에서 쾌감이 흘러나와 뿔뿔이 흩어져 사라질 것만 같았다. 하지만 아무리 그래도 남자는 왜, 아까부터 여자의 애무에 아무런 반응도 하지 않고 있는 걸까? 기분이 너무 좋아서 그럴 여유가 없는 걸까? 그런데 정말 그럴까? 여자는 데님스커트를 입고 있었다. 하얀색 스티치가 들어간 것이었다. 검은색 속바지로 감싼 다리가 보였다. 속바지는 무릎까지 오는 길이였다. 무릎을 살짝 덮는 데에서, 속바지의 끝단은 레이스로 되어 있었다. 이대로 있다간 남자의 손이 그 안으로 들어가는 전개도 바랄 만하지 않은가?

그는 이 퍼포먼스를 보겠다고 처음 왔을 때부터 여자의 가슴이 드러나거나 여자가 숨차 하는 모습이 보고 싶다는 욕구를 가지고 온 것은 아니었다. 당연하다, 아무 정보도 없이 왔으니까. 그런데 어느 틈에 이 지경이 됐다. 이건 정말이지 정상이 아니다.

그가 그런 생각에 빠져 있을 때, 남자가 자기 얼굴을 여자 얼굴로 가져다 대고 있었다.

남자가 적극적인 움직임을 보인 것은 이때가 처음이었다.

이걸 보고 그는, 남자가 여자에게 입 맞추려고 하는 건가 싶었다. 그런데 남자의 입은, 여자의 입도, 뺨도, 코도, 또 이마도 아닌, 여자의 귓가를 향했다. 여자의 왼쪽 귀, 객석에서 안 보이는 쪽 귀였다. 그럼 남자는 여자의 귓가에 숨을 불어넣으려는 건가? 이번에 그는 그런 생각을 했다.

하지만 그것도 틀렸다. 남자는 여자에게 무언가 짧게 몇 마디를 말했다. 그리고 그게 다였다. 남자는 여자에게서 얼굴을 뗐다.

남자는 뭐라고 말했을까? 그는 이렇게 생각해보았다. 뭐 하고 싶어? 물어본 것이 아닐까 하는 생각.

그리고 이 추측이 아마 맞았다고, 잠시 후 그는 생각했다. 왜냐하면 그 직후, 이번에는 여자가 남자의 귓가에 입을 대고, 또 짧게 몇 마디를 했기 때문이다. 그렇다면 여자는 도 대체 무슨 말을 했을까? 그쪽은 뭐 하고 싶어? 하고 되물었을 까? 구체적으로 XX를 했으면 좋겠다고 요구한 것 같지는 않 았다. 그 후 남자가 여자한테 딱히 무언가를 하지는 않았기 때문이다.

그러나 잠시 후 여자가, 아마도 이건 기다리다 지쳐서 그 런 걸 텐데, 다시 남자의 귓가에 무언가를 속삭였다. 그러자 남자가 고개를 끄덕였다.

그러고 나서 둘은, 잠깐 동안 서로를 바라봤다.

그사이 조명이 어두워지고, 두 사람 주변에만 어슴푸레 빛이 남아 있는 상태로 바뀌었다. 여자는 그 조명의 변화가 끝나기를 기다리고, 그것이 움직이기 시작하라는 신호라는 것이 너무 뻔하게 보일 타이밍으로, 오른손을 남자의 사타구 니 쪽으로 뻗었다. 그건, 조금 전까지 남자의 왼손을 만질랑 말랑 애무하던 오른손이었다. 여자는 오른손을 남자의 페니 스 부근 옷 위에 올려놓았다.

이때 BGM이 흐르기 시작했다. 클래식 피아노 곡이다. 너무 유명한 곡이다. 하지만 그는 제목을 몰랐다. 너무 유명 해서 싸구려처럼 들렸다.

그는 여자의 오른손을 주시했다. 지금 이 상황에, 어느 누구라도 다른 데를 볼 사람은 없을 것이다. 여자의 손은 단지 거기에 놓여 있을 뿐, 움직이지 않는 것처럼 보였다. 하지만 남자는 한심스러울 만큼 황홀한 표정을 짓고 있었다. 발기 상태도 진전되고 있을 것이다. 그는 생각했다. 여자의 손은 결국 지퍼를 내려 안에 집어넣고 뒤적이다 남자의 페니스를 밖으로 뺄 것인가? 하지만 그런 순간은 아무리 기다려도 오지 않았다.

이런 저런 생각을 하는 동안, 노래가 끝났다. CD가 끝난 것인지도 모르고, 볼륨을 페이드 아웃시킨 것인지도 모른다. 어쨌든 조용해졌다. 그리고 잠시 뒤, 여자가 오른손을 움직이기 시작했다. 그것을 본 그는, 자기도 모르게 침을 삼켰다. 철제 의자에서 약간 삐걱거리는 소리가 나게, 그는 고쳐 앉았다. 여자의 손은 드디어 지퍼의 쇠장식으로 향했다. 이대로 지퍼를 내릴 것이라는 것에 의심의 여지가 없었다.

하지만 이때 남자는 관객에게 똑똑히 들리는 목소리로, 이렇게 말했다. "그건, 됐어."

이건 이 퍼포먼스 전체를 통틀어 유일하게 발화된 단어, 즉 대사였다.

그 말을 듣고 여자가 어떤 표정을 지었을까? 그에게는 여자의 얼굴이 보이지 않았다. 하지만 그에게는 상관없는 일이었다. 이 대사가 그를 결심하게 만들었다. 이제 1초도 여기에 있을 이유는, 그에게는 존재하지 않았다. 그는 자리에서 일어서기로 마음먹었다. 의자 아래 밀어 넣어두었던 각진 배낭을 꺼내, 앞 열과 간격이 얼마 나지 않는 비좁은 통로를 옆으로 걸어 나가, 잠겨 있던 무거운 출입구를 열어 그곳을 빠져나가자, 그 문이 뒤에서 조용하게 닫혔다. 물론 무대 위 퍼포먼스는 계속되었다. 그가 나갔다는 것을 최대한 신경 쓰지 않으며, 두 사람은 무대 위에서 계속 연기했다.

"그건, 됐어." 하고 남자가 말하고, 여자는 그 말에 따라 지퍼 쇠장식에서 손을 뗐다. 그리고 치노팬츠의 옷 위로 다시 오른손을 살며시 올려놓았다. 그리고 그 오른손으로 아주 작은 원을 그리듯이, 찔끔찔끔 움직였다. 어쩌면 아까부터 그러고 있었는지도 모른다.

그러다 곧 남자는, 이건 확실한 것은 아니지만, 사정했다. 아무도 그 순간을 보지는 못했다. 바지가 얼룩으로 더렵혀진 것을 확인한 사람이 있는 것도 아니었다. 남자의 기력이 급격하게 이완되는 것을 본 것 같은 기분이 들었던 것이다. 하지만 남자가 이완된 것을 본 것 같은 기분이 들었던 순간은, 사실 여러 번 있었다. 그중에 언제 그랬는지 특정 지을 수 없는 것이었다. 물론, 다 아닐 수도 있다. 하지만 남자가 끝난 거 아닌가 싶은 추측이 아무래도 맞는 것 같다는 생각이 든 것은, 바로 그 직후의 일이었다. 조명이 바뀐 것이다. 암전이다. 극장 안이 어둠에 휩싸였다. 그걸로 퍼포먼스가 끝이 났다. 머지않아 객석 쪽 조명이 밝아졌다. 그땐 이미 무대 위에 아무도 없었다. 짝짝짝, 듬성듬성 박수가 나왔다.

공연이 시작한 지 딱 한 시간 정도가 지나 있었다. 관객은 하나둘 자리에서 일어났다. 객석 맨 앞줄과 무대 사이의 통로에는, 극장 밖으로 나가기 위한 줄이 생겼다. 천천히 앞으로 가는 줄에 서서 관객은 모두 아무 말이 없었다. 그런 걸 보고 나서 도대체 무슨 말을 해야 할까?

갑자기, 불쾌한 목소리가 큰 소리를 냈다. "저기요. 이런 공연을 해도 되는 거예요?" 불쾌한 목소리라고는 했지만, 욕지거리를 해본 적이 그다지 없을 것 같은 목소리였다. "이거 누가 경찰에 신고하면 어떻게 될 거 같아요?" 날카롭고 자꾸 뒤집어지는 목소리라 위협적이지는 않았다. "진짜 이래도 되는 거예요? 이건 아니죠. 이건 그냥 야비한 외설이지. 이런 거 연극이 아니잖아요." 목소리의 주인공은 줄을 설 생각이 없었다. 자리에 앉아 철제 의자 위로 무릎을 올려 움츠린 자세였다. 어느 틈에 극장 안을 정리하려고 들어온 스탭 한 명을 붙잡고, 그 스탭한테 그런 말을 하는 것이었다. 누가 잡혀 있나 보니, 공연 전에 티켓박스에 있던 꽃무늬 원피스를 입은 여자였다. 그녀는 껌을 씹고 있었다. 이 남자에게 어떻게 대응해야 할지 모른 채로, 노골적으로 당황했고 또 불편해했다.

그때, 다른 목소리가 들렸다. "아니, 난 오히려, 이걸로 끝이야?" 그 목소리가 말했다. "겨우 이거 보여주고 관객한테 돈을 받아도 되는 거예요?" 이 목소리는 앞선 목소리와 비교했을 때, 보다 분별 있는 느낌이었다. 분별이 있다는 점을 강

오카다 도시키 단편집

조하면서 하고 싶은 말을 하는 느낌이었다고 할 수 있다. "이걸로 3500엔 받는 건 너무하잖아요? 아무리 생각해도 이해가 안 되네. 그렇죠? 안 그래요? 납득이 돼요?" 줄을 선 남자들에게 묻는 것이었다. "이 정도 기대하게 만들었으면 여자가 가슴 정도는 보여줘야 말이 되지, 그런 것도 없이 끝내는 건 도대체 무슨 생각으로 그런 거예요? 다들 그렇게 생각 안 해요?" 그러나 여기에 대답이라고 할 말한 반응은, 아무도 하지 않았다.

무대 앞을 느릿느릿 가로지르며, 몇몇 관객은 소리가 안 나게 은밀히 코를 벌름거려 무대 위 냄새를 맡으려 했다. 정액 냄새가 나나 안 나나 확인하려는 것이었다. 하지만 판별은 불가능했다. 그런 비릿한 냄새를 조금이나마 맡은 것 같은 기분이 드는 사람도 있었다. 하지만 기분 탓에 그런 느낌이 들었을 가능성도 컸다. 이것을 또 앞뒤에 있는 사람들한테 물어볼 수도 없는 노릇이었다. 다들 각자 몰래 해볼 수밖에 없었다. 엘리베이터는 7층에 도착했고, 이미 그들을 기다리고 있었다. 관객은 아직 객석에 남아서 불평을 늘어놓고 있는 사람들을 빼고 전원 그 안으로 들어갔다. 꽉 찬 엘리베이터가 내려가는 동안에도 역시 완벽한 침묵이 흘렀다. 1층에 도착하고 문이 열렸다. 밖은 비가 억수같이 쏟아지고 있었다. 비가 오다니, 아무도 그런 얘기를 들은 사람이 없었고, 우산을 가진 사람도 없었다. 거의 대부분이 뛰어갔다. 그렇지만 터벅터벅 걷는 사람도 있었다. 빗줄기가 약해지기를 기다리기로 한 사람도 있었다. 아무튼 모두 뿔뿔이 흩어졌다.

중간에 자리를 뜬 그는, 이미 지하철을 타고 집에 가는 길이었다. 그가 월세로 사는 아파트가 있는 역까지 이제 얼마 남지 않았다. 전철 안에서 그가 하던 생각은, 당연히 오늘밤 본 연극에 대한 것이었다. 그 개똥같은 리얼 퍼포먼스는 아직도 하고 있을까? 그리고 이런 생각도 했다. 자기가 오늘 밤 본 퍼포먼스는 어젯밤에도 했을 것이고, 그저께 밤에도 했을 것이다. 며칠 전부터 공연되었고, 내일 밤에도 모레 밤에도 공연될 것이다. 오늘 밤 본 것이 계속 반복해서 공연된다니 아무리 생각해도 묘한 느낌이었다. 당연하다면 당연한 것이지만, 그에게는 믿기 어려운 일이었다. 사기당한 기분이 들었다.

지하철에서 내리면 역 근처에 라멘집이 있다. 그의 발길을 그쪽으로 향했다. 노란 간판을 단 가게였다. 그는 저녁을 안 먹었다. 자기가 공복인지 아닌지도 잘 몰랐다. 라멘을 먹는 게 좋은 선택인지 아닌지도 잘 몰랐다. 아무것도 안 먹어도 될지도 몰랐다. 하지만 그는 라멘집으로 들어갔다. 카운터석밖에 없는 가게였다. 거의 텅 비었다. 그는 가운데 자리에 앉았다. 제일 오른쪽 끝, 텔레비전이 비치된 바로 아래 자리에, 손님이 있었다. 남자였다. 텔레비전 소리며 기척 때문에 거기에 사람이 있다는 것을 알아채기 힘들었다. 남자는 카운터에 오른팔 팔꿈치를 올려놓고 손으로 턱을 괴며 왼손으로는 휴대

오카다 도시키 단편집

폰을 만지작거리고 있었다. 그는 그만, 그 남자를 가만히 봤다. 하지만 남자는 전혀 눈치를 못 챘다.

가게 점원이 그에게 왔다. 그는 주문을 했다. 점원은 다시 주방으로 갔다. 그는 《인간의 조건》을, 질리지도 않는지 또 펼쳐 읽기 시작했다. 카운터에 손가락 끝이나 팔꿈치가 닿자, 제대로 닦이지 않은 기름이 묻어 끈적거렸다. 역시 지금도 책 내용보다는 그런 게 더 신경이 쓰였고, 중요한 글들은 제대로 머릿속에 들어오지 않았다.

아까 그에게 주문을 받으러 왔던 점원이 라멘이 든 그릇을 들고 텔레비전 아래에 있는 남자에게로 갔다. 그리고 활기찬 목소리로 말했다. "많이 기다리셨습니다. 라멘 중 사이즈, 굵고 단단한 면발에 김 추가입니다. 뜨거우니까 조심하세요!" 점원은 들고 온 라멘을 카운터보다 한 단 높은 곳에 탁, 하고 내려놓았다. 남자는 계속 휴대폰을 보고 있었다. 점원이 들어가고 조금 있다가, 드디어 남자는 휴대폰을 내려놓고, 턱을 괴던 손도 내리고 그릇을 잡았다. 마치 자기는 지금 조금도 배가 고프지 않다고 말하는 것 같았다. 그걸 보면서 그는, 자기가 지금 특라면 따위 먹고 싶지 않다는 것을, 이때 확실히 깨달았다.

★《신초》 2010년 12월

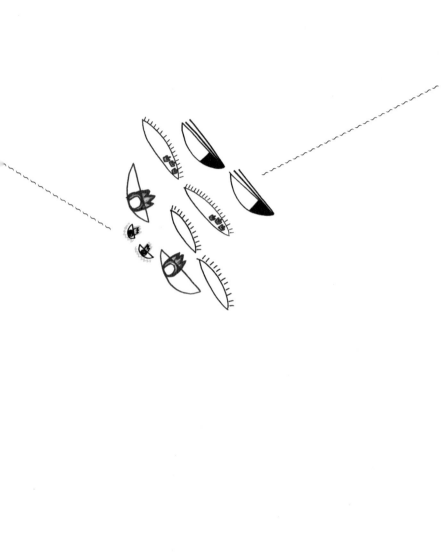

저는 소설을 완성한 다음에는 다시 읽지 않습니다. 어떤 부분을 다시 확인해야 하는 일은 어쩌다 생기지만, 필요한 경우가 아니라면 전체를 읽는 일은 결코 일어나지 않습니다. 여기 수록된 단편들도 다시 읽지 않았습니다. 읽고 싶다는 생각이 들지 않는 것입니다. 그 이유는 아마도 이 단편들은 저에게 있어서 이미 끝난 일, 과거의 것이기 때문입니다.

저는 저 스스로 크게 관심이 가는 아이디어나 감각을 갖게 되었을 때, 혹은 그것에 대해 아무리 노력해도 생각이 한 줄로 엮이지 않고 복잡한 문제로 호기심이 흘러가버릴 때 그것을 기반으로 한 소설을 쓰고 싶어집니다. 소설이라는, 형태를 가진 것으로 만들어 다른 사람들과 공유하고 싶다는 충동이 글을 쓰는 원동력이 되는 것 같다고 느낄 때가 있습니다. 어떤 것을 작품화시킴으로써 내 스스로에게서 떼어놓고 싶다, 또 배설해버리고 싶다는 식으로 생각이 들기도 합니다.

이 단편집이 출판되는 과정에서도, 저는 이 후기를 쓰기 위해 수록 작품을 다시 읽어보지 않았습니다. 사실 몇몇 작품은, 어떤 이야기를 썼는지 그 구체적인 내용을 거의 잊어버렸습니다.

그렇지만 가장 핵심이 되는 부분, 즉 당시 어떤 감각과 아이디어, 문제 의식을 갖고 소설을 썼는지는, 몸속에 남아 있습니다.

여기 담긴 단편들의 토대가 된 감각, 아이디어, 의문은 현대사회가 지닌 사실입니다. 예를 들어, 뻔한 일상을 보내고 있을 뿐이지만 그런 일상 역시 글로벌화된 세계에 접속되어 있다는 강렬한 의식이 드는 순간은 자주 있기 때문에, 내 주변의 작은 일들이 그것과 관계 없이는 존재할 수 없지만 그렇다고 어마어마한 영향이 있는 것도 딱히 아니라는 것입니다. 그리고 기능부전 상태로 빠져들고 있는 (일본) 사회에서 서식하는 인간들의 모습에 위화감을 느끼면서도, 저 또한 그 기능부전 사회 속에서 한 부분을 구성하는 한 부분에 지나지 않는다는 점은 부정할 수 없는 것이기도 합니다.

무엇보다도, 2011년에 일어난 동일본대지진과 그로 인한 후쿠시마 제1원자력발전소 사고는 저에게 많은 고민거리와 의문을 던져주었습니다. 그 비참한 사고 자체를 넘어서, 저에게는 그 일이 하나의 실마리가 되어 사회가 기능부전 상태라는 느낌, 사회가 분단되어 있다는 생각이 더욱 커졌습니다. 그리고 그런 영감을 받아 쓴 작품들이 바로 이 책에 있는 단편들입니다.

누구나 다 그렇듯이, 작가도 어느 특정 시대에 특정 정황이나 사정 속에서 살아가며, 그러한 로컬적인 조건에 영향을 받아 작품을 씁니다. 물론 저도 그렇습니다. 그런 과정을 통해 쓴 단편들이 이 책에 나란히 수록되어 있습니다. 하지만 문학에는 시대·지역·정황을 공유하지 않은 사람에게도 닿을 수 있는 잠재력이 있으며, 저는 그것이야말로 문학이 가진 최대의 가치이자 힘이라고 믿는 사람입니다. 그리고 저는 이 책도 그런 힘을 가진 것들 중 하나가 되기를 바라고 있습니다.

오카다 도시키

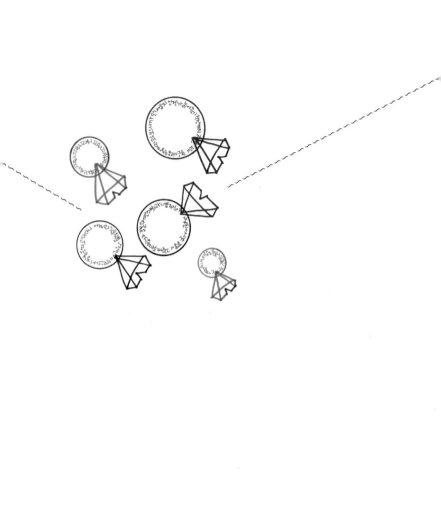

6년 전에 저는 도쿄에 있었습니다. 3월 11일은 방학이라 학교 연구실에는 아무도 없었습니다. 집에 가려고 엘리베이터를 타려는 순간, 엘리베이터가 흔들리며 요란한 소음을 냈습니다. 그냥 지진이 아니라는 것은 계단을 내려가면서 알게 됐습니다. 넘어지고 쓰러지는 소리가 사방에서 덮쳐왔습니다. '도망칠 곳이 없다!' 하는 감각을 그때 처음 피부로 느꼈습니다. 두 번째로 느낀 것은 며칠 후였습니다. 생방송 TV 뉴스에 원자력 전문가가 나와 시민들을 안심시키는 가운데, 화면 오른쪽 작은 사각형 안에서는 멀리서 찍은 원자력발전소 영상이 실시간으로 나오고 있었습니다. 거기서 순간 불꽃이 일자 차분하던 백발의 원자력 전문가가 말을 잃었습니다. 몇 초간 정적이 흐르고 앵커가 "지금 불꽃이 보인 것 같습니다" 하고 입을 떼었을 때, 다시 한 번 '도망칠 곳이 없다!' 하는 감각이 생생하게 되살아났습니다.

원자력발전소를 절실하게 멈춰야 했던 그때, 곳곳에서 자발적으로 절전 아이디어를 내는 사람들이 많았습니다. 전철역에도 장애인과 노약자를 위한 엘리베이터 하나만을 남기고 모든 에스컬레이터는 정지됐고, 조명도 평소보다 절반 정도 어두웠습니다. LED 전구가 팔리고, 가전제품의 디스플레이는 조용해졌습니다. 그 무렵, 운 좋게 대지진이 있던 시기에 한국을 다녀온 친구를 만나 오랜만에 차를 마셨습니다. 저는 계단을 더 오르내리고, 컴퓨터보다 종이 노트를 더 펼치고, 눈이 덜 부신 백화점에서 쇼핑하는 것도 나쁘지 않다고 말을 꺼냈습니다. 이렇게 다 같이 노력해서 원자력발전소를 하나씩 줄여나갔으면 좋겠다는 말도 했습니다. 그러자 그 친구가 의아해 하며 물었습니다. 인류가 이만큼 발전시킨 문명을, 겁이 난다는 이유로 포기해야 하느냐는 것이었습니다.

생각이 다른 사람들과 어떻게 함께 살아갈 수 있을까, 이 의문은 '도망칠 곳이 없다!' 하는 감각만큼이나 저를 소름 끼치게 만들었습니다. 그전까지는 '다른 사람의 생각이 설마 나의 생존권까지 위협하겠어?' 싶었기 때문입니다. 제가 이런 생각들을 할 때쯤, 작가 오카다 도시키의 가족도 분주했습니다. 그는 대지진 이후 거주지를 일본의 서쪽, 구마모토로 옮겼습니다. 일본에서보다 해외에서 작업하는 일이 더 많은 그가 이사를 결심한 계기는 아내와 두 아이 때문이었을 겁니다. 그래서 저는 이 책에 실린 〈거리, 필수품〉과 〈문제의 해결〉, 〈에리나〉 같은 단편을 번역할 때, 그가 품속에 늘 지니고 있는 아이들 사진과 그가 한국에 머물며 일하던 시절 교보문고에 들러 아내를 위한 책을 고르던 모습을 떠올렸습니다. 그리고 그가 가진 상상력에 대해 고민했습니다. 사랑하는 사람, 마음을 이해하고 싶은 사람의 입장이 되어서 그 사람의 논리와 감성으로 세상을 본다는 것은, 상상처럼 쉬운 일이 아닐 것입니다. 〈쇼핑몰에서 보내지 못한 휴일〉이나 〈견딜 만한 단조로움〉에서처럼 나와 상관 없는 사람의 머릿속을 상상하는 것도 간단한 일은 아니겠지요. 심지어 〈나 말고 그 남자〉에서는 나를 화나게 만든 사람에게로 갈아타듯 시선을 옮겨 나를 미워하기도 합니다. 부족하지만 고집스럽게 오카다 도시키의 소설을 번역했던 것은, 그의 이런 상상력을 탐구해보고 싶었기 때문입니다.

번역의 시간은, 스스로 왜 소설을 읽고 연극을 만들고 있는지 돌아볼 수 있었던 귀중한 시간이었습니다. 소중한 기회를 주시고 이 유쾌한 상상력을 지지해주신 알마출판사 여러분께 감사드리며, 독자 여러분들께도 이 단편집이 재미있고 좋은 책으로 다가가길 진심으로 바랍니다.

이홍이

홍살롱의

잼난방,

남삼방,

한산송방,

여배우방,

드로잉 워크숍

김두진
왼손잡이 배우

노기용
유치함에서 벗어나고자 계속 그리지만, 결국 유치한 걸 좋아하는 배우

미람
그리는 것을 좋아하는, 한국에서 활동중인 배우

이상홍
홍살롱의 롱장이며 두비춤의 전속 배우

조수향
그냥 배우

김한나
독보적 초딩화를 그리는 배우

노수산나
가끔 핑크랑 파랑이 끌리지만 노랑이 어울리는 배우

송유현
홍살롱 그림방에서 행복한 배우

이수광
그림을 처음 그려보는 배우

전석찬
여배우방에 놀러온 배우

황은후
연극하면서 연기하고 창작하는 황은후

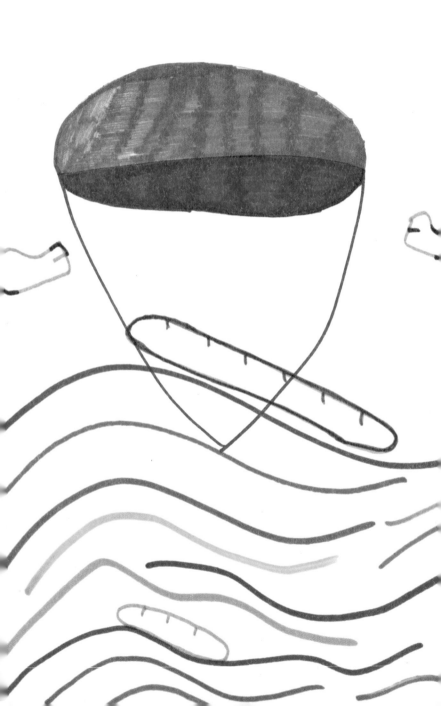

나도 너와 단칸방에서 눈 떠,
맛나는 커피와 빵을 먹고 싶다.

파도가 요동치는 바다에 둥둥 떠다니는 빵.

그 곳에 가보고 싶었다
그 빵을 먹어보고 싶었다
그 남자의 입을 만져보고 싶었다
보고 싶었다

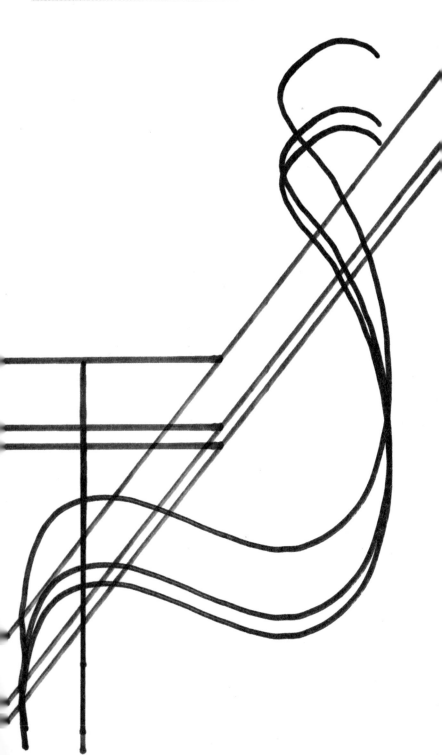

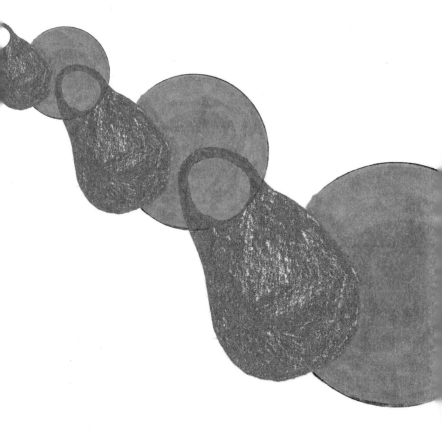

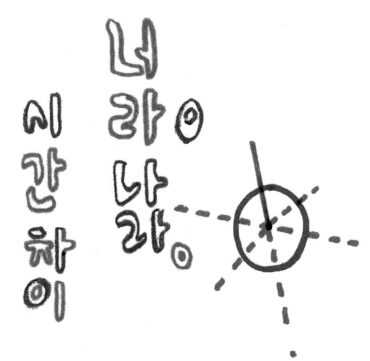

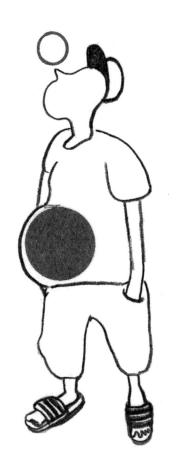

©미랑

한번 구겨진 종이는 그 자국이 남는다
자국을 없애려고 하면 할수록 더 닳고 닳아 결국 찢겨지고 만다

'……'
'………'
'…………'
'……………'

아무리 외쳐도 결국 찢겨지는 건 '나'뿐이다

요동치는 마음,
　　　손가락 하나도 되니?

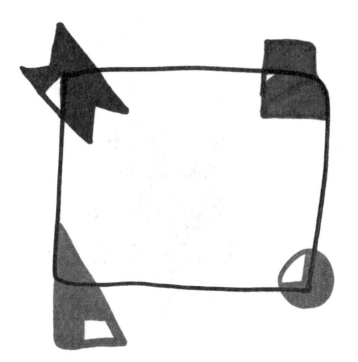

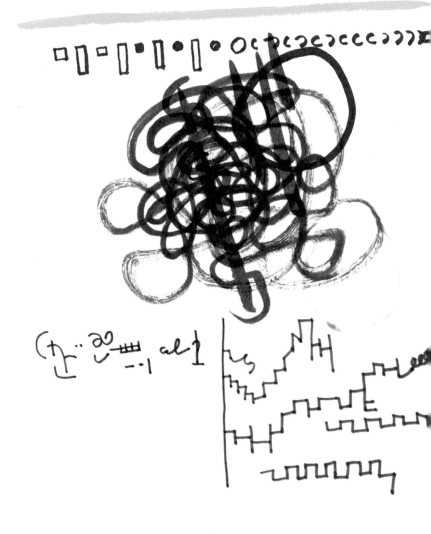

안불안불안불안

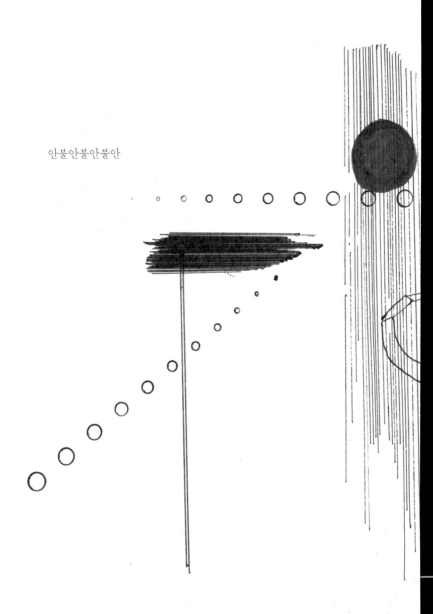

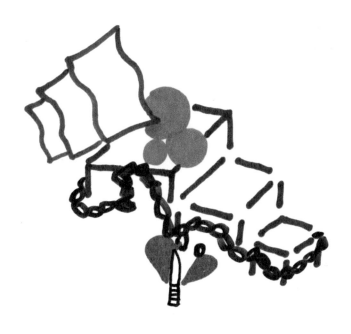

현실에 매달린 예술가
현실에서 떨어진 예술가

안에서 밖으로, 위에서 아래로

예술가가 되고 싶은데, 예술가가 된다 쳐도
예술가는 의미가 없는 존재고,

그런데 전 예술가가 되는 것조차 못하고 있고

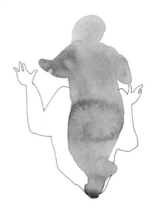

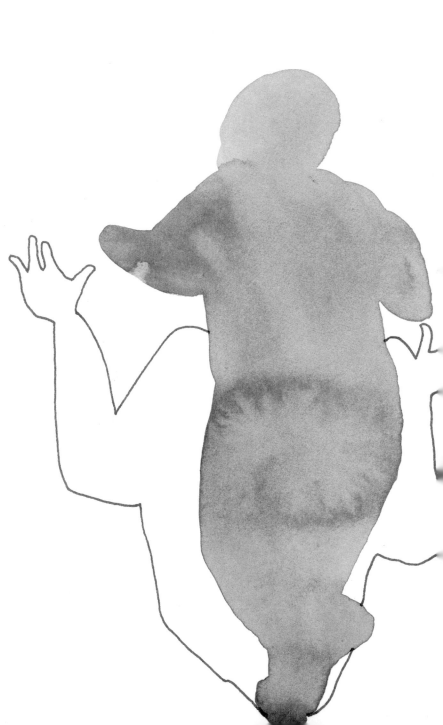

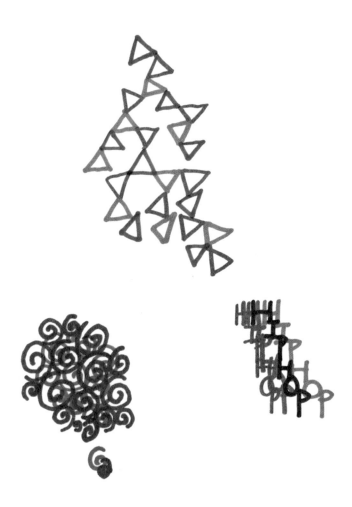

후진 실천을 만나도 여전히 갇혀 있는 번지르르한 생각들.
그리고 자신.

'생활'한다는 것.
나날을 '내'가 생활하고 있다는 것.
그저 나는 생활하고 있다.
본다.
나의 생활을 내가 '본다'.

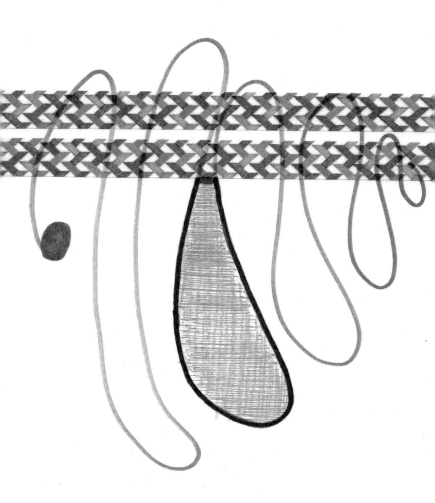

©조수향

내 입장에서 잘못된 것과 너의 입장에서 잘못된 것과
다른 너의 입장에서 잘못된 것과 뭐가 진짜 잘못이냐
서로 노려보지 좀 말자.

똥배짱 금테 아저씨

그깟 실수. 그러려니.
어디서든 너나나나 도긴개긴

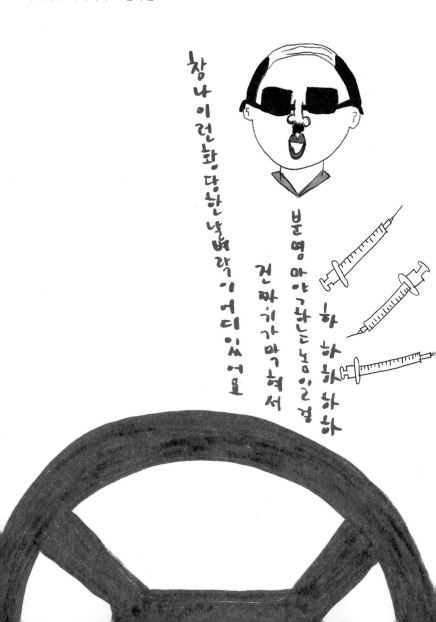

에리나

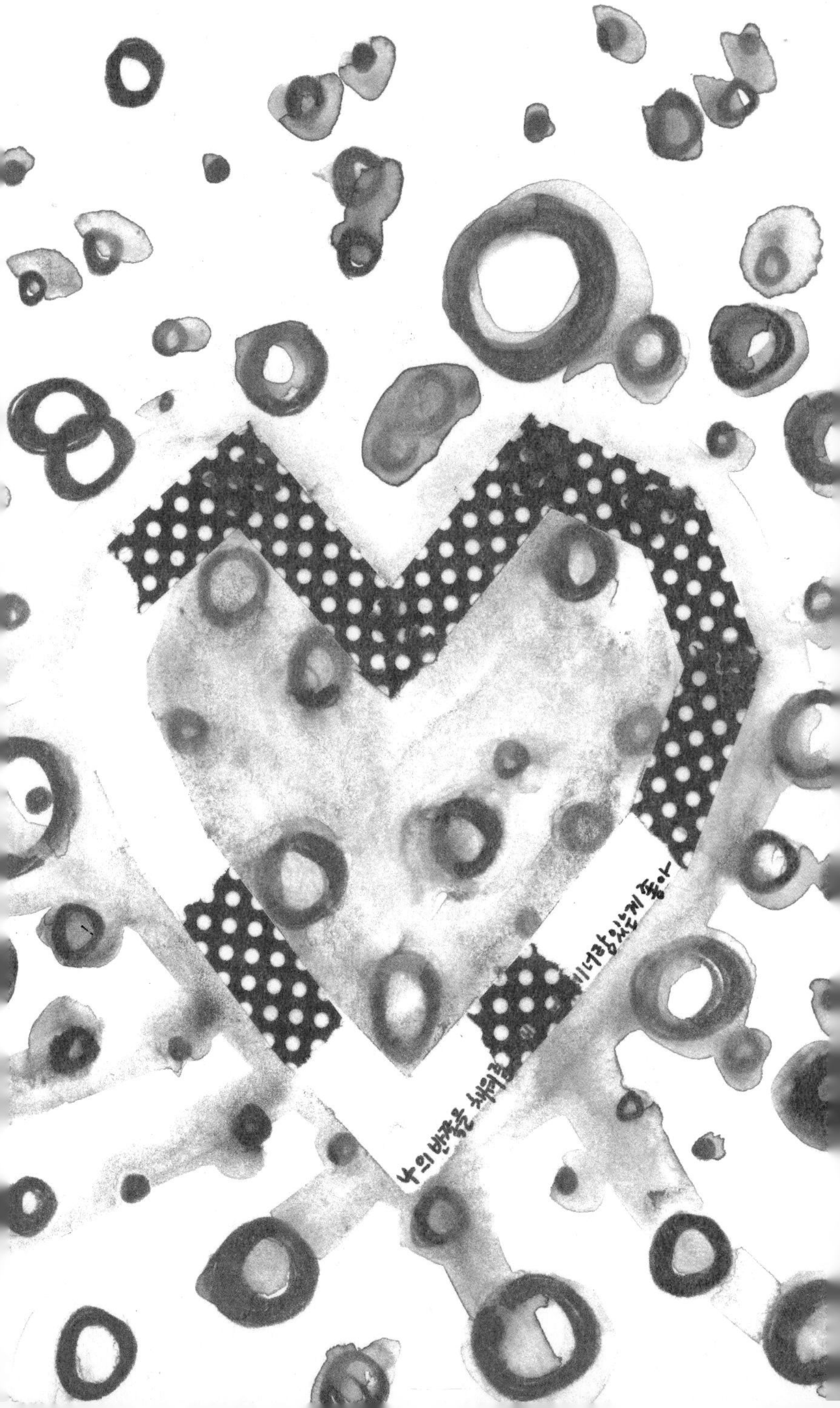
나의 반쪽을 채워
너랑있는게 좋아

'너랑 있는 게 제일 좋아' 할 수 있는 나의 반쪽은 어디에. 지금 내옆에?

에리나, 행복에 벅찬 결혼생활하길 바라고
나 또한 나의 그이와 함께할 날을 얌전히 기다려야지.

리얼 퍼포먼스
리얼해서 단조롭고 퍼포먼스라서 견딜 만한
또는 리얼해서 견딜 만하고 퍼포먼스라서 단조로운

어떤 시간들

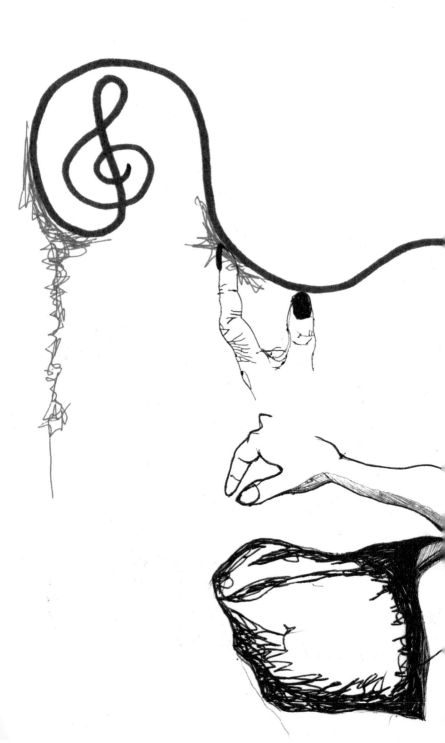

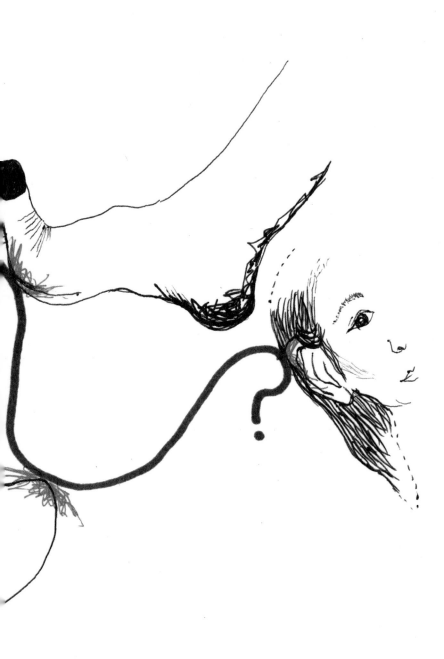
©황은후

비교적 낙관적인 케이스 – 오카다 도시키 단편집

1판 1쇄 찍음 2017년 7월 5일
1판 1쇄 펴냄 2017년 7월 15일

지은이 오카다 도시키
옮긴이 이홍이
그린이 홍살롱 그림방
펴낸이 정혜인 안지미
책임편집 이준환
디자인 한승연
제작처 공간

펴낸곳 알마 출판사
출판등록 2006년 6월 22일 제406-2006-000044호
주소 우. 03990 서울시 마포구 연남로 1길 8, 4~5층
전화 02.324.3800 **판매** 02.324.2846 편집
전송 02.324.1144

전자우편 alma@almabook.com
페이스북 /almabooks
트위터 @alma_books
인스타그램 @alma_books

ISBN 979-11-5992-115-5 03830

이 도서의 국립중앙도서관 출판시도서목록CIP은 서지정보유통지원시스템 홈페이지
http://seoji.nl.go.kr와 국가자료공동목록시스템 http://www.nl.go.kr/kolisnet에서
이용하실 수 있습니다. CIP제어번호: 2017014911

알마는 아이쿱생협과 더불어 협동조합의 가치를 실천하는 출판사입니다.

종이표지_베이크라프트 250g/㎡ 본문_그린라이트 100g/㎡